愛經典

閱讀經典，成為更好的自己。

A TEAR and A SMILE

紀伯倫 Kahlil Gibran—著
蔡偉良—譯

淚與笑

緣起

愛經典

卡爾維諾說：「『經典』即是具影響力的作品，在我們的想像中留下痕跡，並藏在潛意識中。正因『經典』有這種影響力，我們更要撥時間閱讀，接受『經典』為我們帶來的改變。」因為經典作品具有這樣無窮的魅力，時報出版公司特別引進大星文化公司的「作家榜經典文庫」，期能為臺灣的經典閱讀提供另一選擇。

作家榜經典文庫從二〇一七年起至今，已出版超過一百本，迅速累積良好口碑，不斷榮登各大暢銷榜，總銷量突破一千萬冊，本書系的作者都經過時代淬鍊，其作品雋永，意義深遠；所選擇的譯者，多為優秀的詩人、作家，因此譯文流暢，讀來如同原創作品般通順，沒有隔閡；而且時報在臺推出時，每部作品皆以精裝裝幀，質感更佳，是讀者想要閱讀與收藏經典時的首選。

現在開始讀經典，成為更好的自己。

目錄

獻給：M・E・H[1]

這本書是我生命暴風的首次拷貝，
我將它獻給喜愛細風且與暴風一起行走的崇高靈魂。

紀伯倫

1 紀伯倫最知心的女友瑪麗・哈斯凱爾的英語縮寫。（譯者注。本書注釋未特殊說明處均為譯者注。）

序言

最近十年，紀伯倫已經從他生命的春天步入了生命的夏天，他的志趣已趨形成，其思想也日漸成熟；他的靈魂更已從詩幻的世界轉向了更崇高更廣闊的空間，以使那絕對的幻影和純粹的真理得以擁抱，以使那纏綿的情感和正直的基本原則在其心靈深處融為一體。

今天的紀伯倫已經不再是昨天的紀伯倫。曾經用蘸滿淚水的筆書寫了《淚與笑》的多愁善感的青年已經變身成了一名善於用滴血利劍書寫的剛毅男子。〈死之美〉[1]和〈掘墓人〉[2]之區別，再貼切不過地彰顯了昨日之紀伯倫和今日之紀伯倫的不同。那柔美的心靈，曾經因為魔幻般的細風而顫抖，而如今，它已變得堅強，只為暴風而激動。暴風之於紀伯倫的今天，有如細風之於他的昨天。

1 散文集《淚與笑》中的一篇散文名。
2 散文集《暴風集》中的一篇散文名。

然而，當我們仔細品味紀伯倫所有的作品，觀察這些作品與現代文學復興之關係時，我們便會發現《淚與笑》尤其不同凡響，其風格之於阿拉伯世界，實屬創新，無論在創作手法，還是在表達之細膩等方面，與之前的作品相比可謂大相徑庭。此時阿拉伯新文化運動雖還未來臨，但是，從在校學生，到辦公室文人以及報人都已感受到了它的行將到來，而《淚與笑》的問世可謂是這一運動的序曲。

在《淚與笑》問世的那一時期，無論是在埃及、敘利亞，還是在海外的報章雜誌上所發表的由作家和詩人撰寫的文章、書信、詩歌，大多是與心靈之聲相去甚遠的乾巴巴的無情感之作。其時，大多民眾甚至將會寫點押韻文字的都視為詩人，將會玩點辭藻的都視為作家。是紀伯倫推出的《淚與笑》改變了大家的這種思維模式，使他們第一次明白了什麼叫真正的詩人，真正的詩人用自己魔幻的手指彈撥人的心弦，讓人在醒著時聽見其靈魂在他們熟睡時發出的聲音。正是從那時起，年輕的作家和詩人開始競相模仿《淚與笑》的寫作手法，僅僅過了兩三年，紀伯倫的追隨者便已遍布阿拉伯各個地區。

當我們請紀伯倫編輯出版《淚與笑》時，他借用其一首彩詩[3]中的一句詩，以作回答：

「曾經伴著讚美、牢騷和哀號，

我生命中的那時段已經過去。」

我們則對他說：「是的，你生命中的那一時段已經過去，然而，在愛你的人、追隨你的人那兒它依然存在。」

他回答道：「那個曾經的寫作青年，在他死亡之前唱響的是上蒼的歌曲。」

我們對他說：「我們應該保存好那些歌曲，不能讓它丟失。」

他答道：「那就按你們說的做吧。但你們不要忘記，那位青年的靈魂已經轉胎於鍾愛意志和力量的男子的軀體中，他崇尚意志和力量，有如他喜愛風雅和美麗，他趨於摧毀有如他善於重建，他是人類的朋友，同時也是人類的敵人。」

我們對他說：「我們不會忘記。即便我們試圖忘記，那〈掘墓人〉中所言會提醒我們，叮囑我們不要忘記。」

納西布・阿里道

一九一四年四月二十四日於紐約

3 一種用阿拉伯語所作的詩歌形式，主要流行於西班牙南部的安達盧西亞。

引子

我不會用我心中的痛苦去換取他人的歡愉，我也不願意讓源於肺腑的悲哀導致的淚水變成歡笑。我願意我的生命一直伴著淚與笑。淚能洗滌我的心靈，讓我知曉生命的真諦和奧祕；笑能讓我走近父輩的兒孫，代表著我對神的讚美。我流著淚分擔心的碎裂，我歡笑著，讓笑成為因存在而歡欣的象徵。

我願懷著嚮往離世，而不願萎靡地苟活。我希望在我的心靈深處有對愛的如飢似渴的追求。因為我在看，於是我便看到，那些衣食無憂者才最為可憐，他們與毫無生命的物質別無兩樣；因為我在聽，我便聽到，胸懷大志者的長歎遠比管弦的演奏更加悅耳。

夜晚來臨，花兒收攏了花瓣，並摟抱著它渴望入睡；清晨，它又微張著雙唇，迎來太陽的親吻。花的一生就是渴望和交際，就是淚與笑；海水蒸發，向著高處升騰，然後聚集，變成雲朵，在荒野和谷地的上空飄蕩，一陣細風吹來，雲朵便像哭泣那樣將雨水灑向田野，流入溪河，隨後重新注入大海。雲的一生就是分離和相聚，就是淚與笑。如此這般，心靈也一樣，它離開了崇高的精神，來到物質世界，就像雲朵一樣，歷經痛苦的高山，越過歡快的平原，與死亡的微風相遇，於是它又重歸原地，朝著愛和美的大海，回到神的身邊。

淚與笑

愛的生命

春呵，心愛的，讓我們一起在野外散步，冰雪已經融化，生命已經從睡夢中甦醒，蹣跚於河谷與高坡，來吧，和我一起追尋春天在無際田野留下的足跡，快來啊，讓我們攀上高地，遠眺原野上起伏的綠浪。

瞧，春曉已將被冬天折疊起的衣裳鋪展，核桃樹、蘋果樹都穿上了春裝，宛如蓋德爾之夜的新娘。葡萄樹醒了，藤蔓相互纏繞，像是情人的擁抱；溪水舞蹈著，在岩石間穿流，哼唱著歡快的歌；花兒從大自然的心中綻放，酷似大海的朵朵浪花。

快來啊，讓我們飲盡殘留在水仙花杯盞中雨的淚水，讓我們的心中裝滿雲雀歡快的歌聲，盡情呼吸春風的馨香。

讓我們緊挨著岩石坐下，在長著紫羅蘭的隱蔽地方，充滿愛意地相互親吻。

夏讓我們一起走向田野，親愛的，收穫的季節已經到來，莊稼已經長高，太陽對大自然的愛使它成熟；快來啊，不要讓鳥兒和螞蟻趁我們疲勞的時候趕在我們前面，快來啊，讓我們一起採擷這大地的果實，如同心靈採摘那愛在我們心中撒下的忠誠種子結出的幸福之果；讓我們用大地的物產盛滿庫房，如同生命溢滿了我們情感的穀倉。

快來啊，我的情侶夥伴，讓我們以草地為床，以藍天為被，頭枕一捆鬆軟的稻草，在一天的勞累之後放鬆身心，傾聽著河谷溪水夜間的密談。

秋呵，親愛的，讓我們走向葡萄園，在那兒我們一起用葡萄榨汁，將汁灌入酒槽，如同將世代的智慧注入心靈。我們採集乾果，提取花的汁液，花謝時它可依然芬芳。

讓我們快向吧，回到住處，樹葉已經變黃，風兒將它撒下大地，好似它欲將用樹葉把凋零的花兒裹上，告別夏天時的悲哀已使花兒在鬱悶中死亡。快來啊，鳥兒已經飛向海岸，帶走了園林中的溫馨，留給茉莉和田菁的只是一片孤獨，為此它們將殘留的淚水灑向了大地。

讓我們快回吧，小溪已經不再流淌，泉眼歡快的淚水也已乾涸，山丘脫下了它美麗的衣裳。親愛的，快來呀，大自然已被睏神纏繞，正用一首深情的納哈萬德[1]歌曲為清醒送行。

冬呵，我一生的伴侶，快走近我，再近些，不要讓冰雪的氣息將我們的身體分離，就在我身邊坐下，面對著這火爐。火是冬天的美味之果。快給我談談那幾代人的前景，我的耳朵，因為聽多了風的歎息和各種悲鳴，已經感到疲憊。

快把門窗關上，因為看到天氣的怒容我會感到悲傷，看到城市像痛失愛子的母親那般坐在冰雪的天地令我心痛；呵，我終身的伴侶，快給燈添點油吧，它已行將熄滅。把燈放在靠近你的地方，讓我看看歲月在你臉上的刻畫；快給我遞上酒罐，讓我們飲著酒一起把青春回望。

離我近點，再近點，親愛的，火已燃盡，灰燼已將它覆蓋，擁抱我吧，燈已熄滅，一片漆黑。陳年老酒讓我們的眼皮變得沉重，看看我吧，就用你那曚矓的睡眼；擁抱我吧，趁著睡神還未將我們摟進懷裡。吻我吧，白雪已經戰勝了一切，唯獨你的吻；呵，親愛的，那睡眠的海竟是那樣的深，呵，明晨又是那樣的遙遠……在這世界上。

1 古代波斯（現伊朗）的城市，阿拉伯東部音樂中的一個調式以該城市命名，據說該調式相對比較傷感。

傳說

在那條河的岸邊，一個農民的兒子坐在核桃樹和柳樹的樹蔭下，靜靜地端詳著潺潺流水。這兒的一切都在敘述著愛，樹枝相互擁抱，花兒搖曳，百鳥爭鳴，整個大自然溢滿了歡愉。他，二十歲的年輕人，就是在這樣的氛圍中長大。昨天，在泉水邊他看到一位少女和另幾個女孩坐在一起，他頓時愛上了她。後來他得知這少女是埃米爾[1]的愛女，於是他開始責怪自己心生愛意，埋怨自己的不該。然而責怪並沒有動搖心中的愛戀，埋怨也不能排遣心靈的真愛。人啊，他在肉體與心靈之間不能左右，猶如南來北往風口中的一根嫩枝。

年輕人看到紫羅蘭依偎著延命菊生長，他還聽到了黃鸝鳥和燕子的耳語，不由地為自己的形影孤單流淚哭泣。愛的時光宛如幻影浮現在他眼前，瞬間，愛的真情、愛的熱淚和愛的

1 埃米爾：阿拉伯古代對地方小王國首領的稱呼。現在仍有一些阿拉伯國家的首領稱埃米爾，如科威特，這詞有很多意思，可譯成酋長、首領等，也可譯成親王、王子等。

話語一起噴湧而出：

「這愛在奚落我，讓我成為笑柄。使我面對希望成缺點、理想成卑賤的怪狀。我膜拜的愛讓我的心升騰至埃米爾的宮殿，也讓我的地位驟降至農舍茅屋；是這愛引領我走近被高貴簇擁著的、令男人仰慕的仙女。這愛情啊，我對你已是降心俯首，你還要我怎樣呢？我曾經跟著你赴湯蹈火，烈焰將我燒灼。我睜開雙眼，看到的只是一片黑暗；我想開口說話，道出的卻全是悲傷。呵，愛情，因為精神的飢渴，我曾被思念擁抱，除了愛人的親吻，那飢渴不會消滅；呵，愛情，我是那樣的軟弱無能，而你卻那般強壯，為何你還要和我作對？你公正，我無辜，你為何還要欺負我？除了你沒有人能戰勝我，你為何還要鄙視我？是你造就了我，你為何要丟棄我？如果我的血沒能按你的意志流動，你盡可任意將它潑灑，如果我的腳未能行走在你的路上，你盡可使它癱瘓；我這身體你可隨意使喚，讓我的心靈在你雙翅蔭庇下的安寧田野中得到歡快。

「河溪向著它的愛人——大海奔流，花兒迎著它的情人——陽光歡笑，雲雨為它的追求者——山谷而飄灑。而我，身上雖有河溪未知、花兒未聞、雲雨不解的東西，然而，我卻與自身的苦難獨處，陷入一廂苦戀，遠遠地離開她。是她不願讓我成為其父王軍中一員，也不願讓我屈身成為她宮中的僕人。」

青年沉默片刻，像是在向河水淙淙、枝葉沙沙的聲響求助話語的技巧，隨後，他說：

「呵，你呀，我實在不敢在你母親面前直呼你的芳名。呵，高貴的帷幔和威嚴的宮牆把我阻擋；呵，你是仙女，我只期盼在平等的永恆天國與你相見。你，利劍聽從你的指揮，所有人都在向你叩首，寶庫、寺院向你敞開大門，你占有了一顆被愛洗禮的心，你奴役了一具被上帝讚美過的靈魂。昨天，他還像田野一樣可以盡情放飛自由，是你，掠取了他的理智，今日，終於變成被愛緊緊縛住的俘虜。

「美麗的女孩呵，看到你，我才明白自己為什麼來到這個世界；得知你的尊貴，我才意識到自己的卑賤，從而知道了在神靈處有太多凡人不能理解的奧祕，明白了有很多路途可讓靈魂通向不以人類法則評判的那種愛。當我凝視著你的雙眼，我就相信，人生就是天堂，它的大門就是人心；當我看到你的尊貴和我的卑賤正像巨人和獅狼在廝殺，我便明白這大地不再是我的容身之處；當我看到你像芳香植物中的一朵玫瑰，坐在你的同伴之中，我便意識到我夢中的新娘已經現身，像我一樣成為真人；當我得悉你父親的榮耀，我才發現，還未等到採摘，花刺便會將我的手指扎得鮮血淋漓，美夢中的一切，醒來時均成泡影。」

說完，他站起身，向水泉走去，一副身心俱碎的模樣，所有的悲哀和對神的敬畏全都在這些文字中一表無遺：

「快來呀，死亡之神，快來救救我吧！荊棘已將所有的鮮花扼殺，這樣的大地不再利於居住；死神啊，快讓我擺脫這一歲月吧，這歲月已將愛情的王位廢黜，讓富貴登上了寶座；與這世界相比，永恆的天國才是戀人的優選之地；死神呀，快讓我離開這世界，我將在天國等待我的戀人，在那兒與她相會。」

黃昏時分，青年來到了水泉旁，太陽從田野上收起了它的金飾帶。他將淚水灑在了公主雙腳踩踏過的地上，頭深深地埋在胸前，好似在竭力阻止心臟跳出胸膛。

就在那一刻，在楊柳樹的背後，一位少女拖著她的長裙悠悠地行走在草地上，她走近他，站在他的身邊，將像絲般纖細柔軟的手輕輕地搭在青年的頭上。陽光剛把青年從睡夢中喚醒，他睡眼矇矓地看到站在自己面前的竟是埃米爾的女兒，就像摩西看到荊棘叢在面前燃燒一樣，趕緊雙膝跪地。他想開口說什麼，卻什麼也沒說出來，含淚的雙眼使他哽咽。

接著，少女緊緊地擁抱了他，親吻著他的雙唇、他的雙眼，啜吸著他的熱淚，用比蘆笛更柔美的聲音說：

「親愛的，我已在夢中看到了你，在我與世隔絕的孤獨中凝望過你的臉，你就是我丟失心靈的夥伴，就是我美麗自身的另一半，它曾在我注定來到這一世界時離我遠去。親愛的，我現在是偷偷地來與你相會，瞧，你現在在我懷裡，別再害怕！我已放棄了父王的華貴，跟隨你遠走天涯，與你共飲生死的杯盞。起來吧，親愛的，讓我們一起走向人跡罕至的遠方。」

一對情侶在林中行走，夜幕下垂，夜色將他倆淹沒，父王的殘暴、黑夜的幽靈並沒有使他倆膽怯。

在王國的邊陲，埃米爾的探軍發現了兩具屍體，一具屍體的頸脖上掛著一根金項鍊。在兩具屍體的旁邊有一石塊，上面刻著這樣的文字：

「愛讓我們相聚在一起，是誰讓我們分離？

死神帶走了我們，誰又能讓我們重回？」

死人城

昨天為了避開城市的喧囂和鼓噪，我來到了寧靜的郊外，攀上被大自然披上了豔裝的山丘。我站在高處，整個城市——高聳的建築、豪華的宮殿，都被工廠濃濃的煙霧籠罩著。

我坐在那裡，從遠處觀望著大家勞動，發現很多工作的勞累。我實在無心為夏娃後人的所作所為擔憂，於是我轉眼向那田野——上帝榮光的寶座望去，看到了在田野的正中有一座用大理石砌起的陵園，四周栽滿了松樹。

我的這邊是活人城，我的那邊是死人城，我坐在它們中間，思考著。我在想，為什麼這邊總是爭鬥不斷、活動頻繁，那邊則一片闃然，還有始終不變的幽靜；這邊是希望和沮喪、愛和恨、富貴和貧窮，還有信教的和不信教的；那邊除了泥土還是泥土，在靜謐的黑暗中，大自然翻弄著泥土，從中造就了植物，也創造了動物。

我正陷入這些沉思之中，轉眼發現一大群人正緩緩走動著，還有樂隊開道，空中延綿著悲愴的樂聲。宏大的隊伍中有富豪權貴，也有其他頭面人物和各種人等。這是富貴人家在出殯。死人在前，緊跟著的是一大群活人，他們撕心裂肺地哭號著，哭聲可謂震天動地。

到了陵園，祭師開始禱告、熏香，樂隊在旁邊吹起了喇叭。過了一會兒，演說家出列，開始為死者致悼詞，其文字之精美無以復加；接著出場的是詩人，他們為死者獻上用極佳語句織就的哀悼詩句。葬禮的整個過程冗長而讓人生厭。接著，眾人漸漸散去，留下了一座由掘墓人和工匠精心砌成的墳墓。周圍還放置著許多製作考究的花環。

太陽西下，山石和樹木拖長了影子，大自然脫下了鮮亮的衣衫。遠遠望著那支送殯隊伍向城市走去，我陷入沉思。

就在這時，我又看到兩個男人抬著一口木製棺材，後面跟著一個女人，她衣著破爛不堪，在她肩上還騎著一個吃奶的嬰兒，身邊一條狗不時朝她張望，或又轉向那口棺材——這是窮人家的葬禮：泣不成聲的妻子緊跟在棺木後面，隨母親一起哭號的孩子，還有那條同樣痛苦悲哀的忠狗。

這些人來到了墓地，在遠離大理石陵墓的偏遠處，將棺材放入墓穴，然後不無傷感地默默離去。那狗更是不捨地回望著主人的長眠之地。他們漸漸地遠離了我的視線，消失在樹林中。

這時，我向那活人的城市望去，自語道：「這是屬於富豪和權貴的。」接著，我又朝死人城望去，心裡說：「這也是屬於富豪和權貴的，那麼，主啊，窮人和弱者的呢？」

我說著，抬頭朝那被美麗陽光鑲上了金邊的五彩雲朵望去，只聽見心中一個聲音說：

「在那邊。」

詩人之死和他的再生

夜幕降臨，白雪為城市披上了銀裝。酷寒驅散了集市上的人群，大家全都窩在家裡。凛冽的寒風在房屋之間穿梭著，呼嘯而過，像哭墳人佇立在大理石砌起的陵墓前憑弔死神的獵物。

在城市的偏遠處有一陋屋，梁柱已歪斜，積雪壓著的屋頂幾近坍塌。在陋屋的一個角落裡放著一張破爛不堪的床，上面躺著一個臨近氣絕的年輕人，眼望著欲與黑暗抗爭、卻終被黑暗吞噬的微弱燈光。年輕人正值韶華，卻已知道自己大限已至，行將擺脫塵世的羈絆。他等待著死神降臨，蠟黃的臉上綻露出了希望的光芒，雙唇上印上了淒涼的微笑。他是一位詩人，來到人間，用精美的語句愉悅人心，卻在富人的城中因飢餓而離世；他是高貴的心靈，伴著神的恩賜下凡人間，給生命帶來甜蜜，卻還未來得及看到人類對他報以微笑，就將告別這一世界。他在奄奄一息的生命最後一刻，陪伴他的只有孤燈一盞和用靈魂寫就的充滿幻想的文稿。

瀕臨死亡的青年掙扎著使盡全身的力量，向上舉起雙手，睜開凋謝的眼皮，彷彿要用最後的目光穿透破屋的屋頂，看看被烏雲遮掩著的群星。隨後，他說道：

「美麗的死神啊，快來呀，我的靈魂早已將你嚮往，快走近我吧，為我解開這物質的枷鎖，拖著它我已深感疲憊；快來呀，熱忱的死神，快將我從人類中拯救出來，因為，我用人類的語言向他們傳達了天使的話語，於是他們把我看成另類；快來呀，死神，人類已將我拋棄，將我擲入遺忘的角落，因為我不像他們貪婪財富，也不像他們那般奴役弱者；快來呀，甜蜜的死神，快將我帶離，因為祖先的子嗣已不再需要我，快將我擁入你充滿愛的懷抱，快給我的雙唇一個吻，它從未嘗過母親親吻的滋味，也沒有觸碰過姊妹的臉頰，更沒有吻過戀人的嘴唇。快來呀，親愛的死神，擁抱我吧。」

就在這一刻，一位與人類不一樣的美麗女人的幻影突然站在垂危青年的床邊，她身著如同白雪般透亮的衣服，手捧天上的百合花編織的花環。她走近他，擁抱了他，為他合上雙眼，以便讓他用靈魂的眼看到她。她憐愛地吻著他的雙唇，這親吻留在他唇上的是他滿意的微笑。

剎那間，陋屋的一切化為烏有，只有散落在黑暗中的塵土和書稿。

幾代人過去了，全城所有人都沉睡在無知和冷漠之中，當他們再次醒來時，雙眼才看到了知識的曙光，於是他們在城市中心的廣場上為這位詩人樹立了一座巨大的塑像，並為他確定了每年的紀念日……啊，人類該有多愚蠢呀！

美人魚

在接近太陽升起的地方，大海圍繞著一群島嶼，大海的深處盛產珍珠。在那裡有一具年輕人的屍體。離屍體不遠處，幾條金髮碧眼的美人魚圍坐在珊瑚礁旁打量著屍體，並用音樂般悅耳的聲音議論著。海水聽到了她們的談話，海浪便把她們的聲音送到了堤岸，微風又攜著它走進了我的心靈。

第一條美人魚說：「這是一個人，昨天，因為大海發脾氣，他才掉入了大海。」

第二條美人魚說：「不是大海，而是人類在發怒——他們佯稱自己來自神，人類已陷入戰爭，鮮血橫流，甚至將海水染成了猩紅色，這人就是死於戰爭。」

第三條美人魚說：「我不知道什麼叫戰爭，但我知道人類攻克了陸地之後，又開始想要統治大海，於是他們發明了許多怪誕的機器，在海上破浪橫行。海神尼普頓得知後，對這種侵犯行為大為光火。就這樣，人類為了取悅我們的大王，不得不獻上祭品，奉上重禮。我們看到的那些昨天被投入大海的殘骸，就是人類最近一次向偉大的尼普頓奉獻的祭品。」

第四條美人魚說：「尼普頓可真偉大，不過，他的心也夠殘暴的！如果換成我是大海的統領，我不會因為血淋淋的祭品而高興。來吧，讓我們一起去看看這年輕人的屍體，或許這有助於我們對人類的瞭解。」

美人魚向青年的屍體游去，她們翻遍了他衣服的口袋，在他貼心的內衣口袋裡發現了一封信。隨後，一條美人魚拿起信，開始讀了起來：

「親愛的，深夜已至，我依然難以入眠，唯有淚水能緩解我的苦痛，唯有盼望你的歸來能給我帶來欣慰，是戰爭的魔爪將你掠走。現在，我唯一能記起的是你臨別時對我說的那些話語：『每個人的血都應被保障，總有一天需要償還……』

「親愛的，我不知該如何下筆，只能讓心靈在這紙上流動。被不幸折磨的心靈、被愛慰藉的心靈，是愛讓痛苦變成享樂、讓悲傷成為歡快。當愛讓我們兩顆心相連在一起，當我們嚮往著身體的結合，盼望著精神和肉體的二合一時，戰爭向你發出了召喚，於是你響應了，因為你身負著義務和愛國主義。這又算是何種義務？它拆散了相愛的情人，它還讓多少婦女成為寡婦，又使多少孩子淪為孤兒？這又是何等的愛國主義？僅僅是一些微不足道的原因就呼籲戰爭，甚至不惜摧毀國家？這是什麼樣的義務，針對的是可憐的農民，而權勢、豪門對此卻可不予理睬？如果說，所謂的義務是拒絕國家間的和諧，如果說，所謂的愛國主義將擾亂人類生活的安寧，那麼，就讓它們見鬼去吧。

「不，不，親愛的，你不要太介意我所說的，而要勇敢地去愛你的祖國，不要理會那個女孩的話語，她已被愛蒙住了眼，因別離而失去了理智。如果愛沒有將你帶回今世，那麼愛終將在來世擁抱著我來到你的身邊。」

美人魚將信放回年輕人的口袋，憂傷地默默游走，遠遠地離開了那個年輕人，一條美人魚說：

「人類的心遠比尼普頓的心更凶殘。」

靈魂

眾神之神從他自身中分離出一具靈魂，並在她的裡面注入了美，賦予她魔幻細風的輕柔、萬花的芬芳，和月光的溫馨。

眾神之神賜予她歡快的杯盞，說道：「除非到了你忘卻了過去、不在乎將來的時候，否則千萬不要喝它。」神給了她憂鬱的杯盞，又說：「你喝了它，便可體悟到生命快樂的真諦。」

眾神之神賦靈魂於愛，但是，只要她發出一聲不滿意的歎息，這愛就會與她分離；神也賦靈魂於甜蜜，但是，只要她講出一句高傲的話語，這甜蜜就會離她而去。

他從天上降智慧於她，引領她走上通往真理的道路。

他將睿智植入她的心中，讓她看到冥冥之中的所有。

他讓她身負情感，那情感隨想像流動，隨幻影行走。神還給她披上天使用彩虹的波精心織成的思戀之衣，然後神還在她心中放入了迷茫的黑暗，那黑暗就是光明的陰影。

他從憤怒的熔爐裡取出一把火，從愚昧的沙漠中攝取一陣風，從利己的海堤提起一捧沙，從歲月的腳下挖出一些泥土，然後用這些東西塑造了人。

他又賦予人盲目的力量，瘋狂時它怒火萬丈，面對欲望卻又顯得那般無能與沮喪。

他賦予人生命，這生命就是死亡的陰影。

眾神之神微笑著、哭泣著，他感受到了那一無限的愛，於是他將人與人的靈魂聚合在了一起。

笑與淚

太陽從翠綠花園裡收起了餘光，月亮從地平線上升起，給大地撒下了溫柔的光亮。我坐在樹下，凝望著這不斷變幻的蒼穹。透過繁茂的樹枝，望著散落在蔚藍天際像銀幣一樣的星星，聆聽著遠處山崖間溪水的淙淙聲響。

茂密樹林中鳥兒已經歸巢，花兒也已閉上了媚眼，四周一片靜謐。聽見從草地那邊傳來輕輕的腳步聲，於是，我轉眼向那裡望去，只見一對年輕男女正朝我這邊走來。接著，他們坐在一棵長著濃密葉子的樹下，我可以看到他們，他們卻無法看到我。

青年向四下望了望，然後只聽他說道：「親愛的，就在我身旁坐下，聽我說，你笑呀，你的微笑象徵著我們的未來；你高興呀，歲月為了我們已經綻露歡顏。我的心告訴我，你心中還有疑慮，親愛的，凡對愛情心生懷疑就是罪孽。用不了多久，你就將成為這銀色月光照耀下廣闊土地的主人。這宮殿可與王宮媲美，它也將歸你所有。我的駿馬將載著你出入各種遊樂場，我的豪車將帶你逛遊舞場、咖啡廳。你笑吧，就像我庫房裡的黃金那樣歡笑。你看著我呀，就像家父的珠寶盯著我那樣。親愛的，你聽我說呀，我的心不允許我對你有絲毫的隱瞞。我們的蜜年就在眼前……那時，我將帶上大筆的金錢，去瑞士的湖畔，到義大利的遊樂場，拜訪尼羅河邊的宮殿，漫步在黎巴嫩杉樹的綠蔭下。你還將會晤許多公主和貴婦人，你的珠光寶氣、你的服飾打扮甚至讓她們心生嫉妒。我將這一切都奉獻給你，你難道還不滿意嗎？啊，你的微笑是那樣的甜美，它勝似我一生的微笑。」

不一會兒，我看到他倆悠悠踱步，腳踩著鮮花，像是富人用他的腳踩踏在窮人的胸口上。慢慢地他倆遠離了我的視線，我思忖著金錢在愛情中的地位。我想，金錢是人類萬惡之源，愛情則是幸福和陽光的源泉。

我思緒萬千，身陷茫然。就在此時，我瞥見又有兩個身影在我面前走過，並在草地上坐了下來。這是一對來自田間農家茅屋的年輕男女。一陣揪心的靜寂之後，我聽見身患肺病的青年伴著深深長歎的話語：「親愛的，快擦乾你的眼淚吧，那愛已經為我們打開了雙眼，讓我們視它為膜拜，正是這愛賜予我們以堅毅和忍耐。擦乾你的眼淚吧，我們已經結盟共同信奉愛的宗教，你要為此感到欣慰。為了甜蜜的愛，我們願意承受貧窮的煎熬、不幸的苦痛和分離的憂心。我必須與歲月拚搏，以贏得一筆值得獻給你的錢財，它足以讓我們安度一生。親愛的，愛情就是我們的神，它猶如接受香火一般，已接受了我們的歎惋、接受了我們的淚水，將賜予我們相應的回報。再見了，親愛的，在月落之前我將啟程。」

接著，我又聽到了一陣溫柔至極的聲音，灼熱的喘息不時將它打斷，那是一位似水姑娘的聲音，溢滿了愛的熱烈和離別的憂傷，且還帶著堅毅的甜蜜，這聲音發自她的肺腑：「再見了，親愛的。」

然後，他倆分手了。我則依然坐在那棵樹下，憐憫之手撥弄著我的心緒，這奇妙世界的無窮奧祕讓我迷惘。

那一刻，我抬頭望著沉睡的大自然，沉思良久，於是我發現了那於大自然中無邊無際的所在。那無法用金錢換取的東西，秋天的淚水無法將它抹去，冬天的哀傷無法致它死亡。

那東西在瑞士的湖畔、義大利的遊樂場無法找到。它不屈不撓，挺過嚴冬，長在春天，於夏天結成碩果。它就是我在大自然中發現的愛。

夢

在晶瑩小溪旁的田野中，我看到了一只精心編織的鳥籠。在這籠子的一個角落裡有一隻死去的鳥兒，而在另一角落則放著水罐和盛食物的容器，可是水已乾枯，食物也已被吃完。

我佇立在那兒，久久未能發出聲音，我恭謙地側耳細聽，隱隱約約聽到於死鳥和溪水淙淙聲中啟迪良知、觸及心靈的金玉良言。我又仔細觀察，於是我明白，雖然溪水近在咫尺，這小鳥卻因乾渴而曾與死亡抗爭；雖然身處被視為生命搖籃的田野正中，牠卻因飢餓而與死亡拚搏。就如同一位富翁，因為被鎖在了自己的寶庫，竟在黃金的圈圍中死於飢餓。

一會兒，我看見鳥籠突然間變成了一具透明的人形，死鳥變成了帶著傷口的人心，殷紅的鮮血正從深深的傷口流出，那傷口的外形酷似淒慘女人的雙唇。

我還聽到隨著血滴發自傷口的聲音：

「我就是人心，是物質的俘虜，在美的田野成為人類俗世法律的犧牲品。在生命源泉的旁邊，我被關進了人類為情感制定的法規牢籠；在愛神手上的人類美德搖籃裡，我默默地死去。因為這美德和那愛結成的果不允許我再去追求其他。我所有的嚮往在人類眼裡皆是恥辱，我所希冀的一切在他們的法律中盡是卑劣。

「我就是人心，我被囚禁在所有陳規戒律的黑暗之中，我日漸衰弱，被無數幻想捆綁而殘喘；我被遺棄在文明迷宮的角落，走向死亡。對此，人類的舌沒有言語，人類的眼不再視見，它只是在一邊微笑著。」

我聽到了這些話語，看見它是出自那顆受了重創的人心，還伴著滴滴鮮血。此後，我再也沒有看見什麼，也沒有聽見什麼，於是，我又回到了現實的我。

美

美是智者的宗教。

——印度詩人[1]

那些徘徊於各種宗教之道、迷惘在不同信仰之深谷的人啊，他們竟認為不信教的自由遠比受皈依的束縛更顯充實；不信教的燈盞遠比依從的堡壘更加安全。你們要將美視為宗教，像敬畏神一樣敬畏美，因為美是萬物完美的外在表現，是所有智慧結晶的體現。你們要遠離那些人，他們視虔誠為兒戲，因貪婪錢財而聚合在一起，卻還惦念著來世吉祥。你們要篤信美的神性，這才是你們珍惜生命的起始，也是你們珍愛幸福的源泉。然後，你們更要向美表示懺悔，因為美會讓你們的心抵近猶如鏡子般的女人的寶座，它將映射出你們的所作所為。美還將在大自然中——你們生命的肇始之地砥礪你們的心靈。

那些在胡言亂語的黑夜中迷路的人、那些沉溺在幻想海洋中的人啊，於美之中有毋庸置疑的真理，更有為你們抵禦虛偽黑暗的燦爛光亮，你們要仔細觀察春的甦醒、晨的到來，觀察者分享到的就是美的一部分。

你們側耳聆聽鳥兒啁啾，聽一聽樹葉的沙沙聲響和溪水潺潺，聆聽者分享到的就是美的一部分；你們再看看孩童的溫順、青年的機靈、壯年的力量、老人的智慧，那讓觀者迷戀的就是美。

你們要為水仙花般的媚眼點讚，為臉頰的玫瑰紅暈喝彩，為秋牡丹的小嘴叫好，那美因為點讚者而更顯高貴。你們讚美嫩枝般的身段、夜色般的秀髮、象牙般的頸項，那美因為讚美者而愉悅。你們要將身體作為聖殿奉獻給善，將心作為祭壇奉獻給愛，那愛一定會給膜拜者帶來犒賞。

承受著愛之徵兆的眾人啊，快快歡呼吧，快快歡樂呀，因為你們從不畏懼，你們從不憂傷。

1 此處原文明顯有誤，經查閱多個文學網站，確認應為「印度詩人」。

火寫的文字

請在我的墓碑上刻上以下文字：

「此地長眠者，聲名水上書」

——濟慈

難道夜就這樣在我們面前流逝？難道我們就這樣在歲月的腳下煙消雲散？難道更替世代就這樣將我們席捲，僅在它的卷宗上用水替代墨書寫下我們的名字？

難道這光亮就將熄滅，這愛就將消失，這願望就將不復存在？

難道死亡將摧毀我們已建的一切，風會將我們所說的吹散，陰影也會把我們所做的遮蔽？難道這就是生命？難道這就是其痕跡已經隕滅殆盡且已遠去的過往，或是追隨過往的當下，又或是只有成為當下或者過往才具意義的未來？難道我們心中的愉悅、我們心靈的悲痛，在我們尚未知曉其結局的時候就已全部化為烏有？

難道人就像大海的泡沫那樣，僅在海面上漂浮斯須，隨即海風就將它吹得不見了蹤影，彷彿根本就未曾存在。

不，我憑我的宗教起誓，生命的真諦就是生命，生命之起始不在子宮，生命的終結亦不在墳墓。這些歲月只不過是永恆生命的瞬間。塵世的一生——包括塵世的所有——只是一場夢，而我們稱其為令人恐懼的死亡才是真正的甦醒。是夢，然而我們之所見、我們之所為，則將與神同在。

因為以太已讓每一微笑、每一歎息都發自我們的內心，因為以太會留存下源於愛的每一親吻的回聲。天使數著因為悲傷奪眶而出的我們的每一滴淚，天使還將我們歡愉情感創作的每一首歌送至在無盡蒼穹中遨遊的靈魂耳際。

在那未來的世界，我們將看到我們情感的所有波動、我們心靈的所有震顫。在那裡，我們將領悟我們神格的本質，而現在，我們因為身處絕望而蔑視它。今天被我們視為懦弱的迷失，到了明天它將是人類生命之鏈中不可或缺的一環。

我們的勞累雖然現在未能得到報償，但它將和我們一起永生，傳頌我們的榮光。

我們所承受的苦難，將成為我們榮譽的桂冠。

如果那善於歌唱的夜鶯——濟慈，知曉他的詩歌直到今天仍在播撒著愛美的精神，肯定會說：

「請在我的墓碑上刻上以下文字：此地長眠者，其名用火寫在了天際上。」

廢墟之間

月亮給圈圍著太陽城的叢林披上了一層輕柔的薄紗，所有的存在都被寂靜籠罩。那一片巨大的廢墟儼如偉岸巨人，對黑夜的不測不屑一顧。

就在此時，從虛無中隱現出兩個幻影，酷似從藍色湖面上升騰的霧氣。接著，兩個幻影在一根大理石柱子上坐了下來。這柱子是歲月從那奇異的建築物中連根拔起的。他倆仔細觀望著猶如魔幻劇場的周邊。

過了一會兒，其中一個幻影抬起頭說話，他的聲音極似迴盪在空悠山谷中的回聲：「親愛的，這是我為你建造的聖殿的遺跡，那是我為愉悅你而建造的宮殿的廢墟。原來的建築都已坍塌，只留下一些禿垣斷壁，向世人敘述我曾耗盡畢生精力，試圖光大的榮耀，數說我曾使喚低下傭人，試圖弘揚的威權。親愛的，你仔細看看，各種因素摧毀了我的城市；世代更替，我主張的哲理竟被鄙視，我建起的王國竟被遺忘，留給我的只是從你的美中溢出的愛的時光，和被你的愛喚醒的美的結果。我在自己的心中建起了愛的殿堂，神視它為聖殿，任何力量都無法將它摧毀。我傾注一生，探尋萬物的表象，祈望物質也能開口言語，於是大家便說：『多麼英明的國王呀！』天使則說：『一個小小的智者。』後來，我就看到了你，親愛的，面對你，我唱出了愛慕和思戀的歌。於是，天使都高興了，人卻並沒在意。我當國王的那段日子，它就如同一道屏障，將我那顆乾渴的心與萬物之中美好的靈魂隔離。我見到你的時候，愛瞬間甦醒，並將那屏障砸碎。於是，我又對自己枉費了的一生感到惋惜，在失望的激流中自歎無奈，進而認為陽光下的一切皆為虛假。我打造好了鎧甲，鑄造了盾牌，於是每個部落都怕我。當愛照亮我時，我卻受到了蔑視，甚至我的臣民也看不起我。然而，當死亡降臨時，死亡將鎧甲和盾牌都埋入土裡，帶著我的愛升向神。」

一陣靜寂後，第二個幻影說：「就像花兒從土裡得到馨香和生命一樣，靈魂從物質的懦弱和錯誤中提煉智慧和力量。」

這時，兩個幻影結合成一體，走開。一會兒，空中迴盪起了這樣的話語：

「永恆世界只保存愛，因為愛和永恆世界一樣永恆。」

夢幻

致S．L子爵夫人

承蒙來函，此文權作回覆。

一個年輕人走在我的前面，我緊跟著他，直到抵達遙遠的田野。我停下腳步，凝望著翻滾在地平線盡頭酷似白色羊群的雲朵。樹木高昂起它的禿枝，像是在懇求蒼天送還它細嫩的綠葉。這時，我發問道：年輕人呀，我們現在在哪裡了？他說：在困惑的田野，你可得多加小心哦。我說：那我們還是快回吧！這荒野令我害怕，那星星和光裸的大樹令我心疼。他又說：忍著點吧，困惑是瞭解的開始。

我抬頭望了望，只見一位仙女像幻影般朝我們這邊走來，我驚愕地大叫：她是誰？他說：她是朱比特之女、悲劇女神墨爾波墨涅。我說：有你這個歡樂的年輕人陪伴，這悲傷和我有何相干？他說：她要讓你看到這大地上的一切悲傷，誰領略了悲傷誰才能體悟到喜樂。

仙女用手捂住了我的眼睛，當她再次移開手時，我看到自己已經遠離了年輕人，還被剝去了物質的外衣，光裸著身體。我忙說：仙女呀，那年輕人呢？仙女沒有言語，展開了她的雙翅，帶著我飛向那高高的山頂。於是，我看到了大地，也看到了像一張白紙一樣平展在我眼前的大地上的一切，大地臣民的所有奧祕如同寫在紙上的筆跡暴露無遺。我驚愕不已，佇立在仙女身邊，凝望著人類的隱祕，探尋著生命的徵兆。

我看見了，哦，但願我什麼也沒看見。我看到幸福天使正與不幸魔鬼在廝殺，而世人則徬徨於兩者之間，時而充滿希望，時而又深陷絕望。我還看到，人心正被愛與恨玩弄於股掌之上，愛讓人心將缺點錯誤隱匿，愛讓人心迷醉於屈從之中，令其滿口溢美之詞；恨則在人心之間挑撥離間，致其不辨真偽、不聞真言。我看到城市坐在那裡，像站街女那般緊盯著登徒浪子；我又看到，美麗的原野遠遠地站在那裡，為人類哭泣。

我看到祭司像狐狸般狡猾，假冒的宗教人士用盡計謀攛掇人心；我聽到有人大聲叫嚷著向智慧求救，然而智慧竟憤然離去，那是因為智慧曾經在大街上當眾向人發出召喚，但是人卻根本沒有搭理它。我看到太多的牧師，他們抬眼望著上天，心卻被深埋於欲望的墳墓。我看到太多的青年男女，他們口中愛語甜甜蜜蜜，其實只因源自輕浮的願望，才相互接近，而他們的神格已被拋至九霄雲外，他們的情感也已進入深深的睡眠。我看到太多的律師，他們在充滿虛偽的市場上用花言巧語為自己推銷。

我看到太多的醫生，竟將信賴他的平民百姓的生命當成兒戲。我看到愚者與智者平起平坐，且還將自己的過去放上了榮耀的寶座，讓他的當下躺在了富裕的地毯上，還為他自己的未來準備好了豪華的床鋪。我看到可憐的窮人在耕耘勞動，而富人、權貴卻在收穫、在吃喝，不公就站在那裡，世人卻還將其稱為法律。我看到黑暗之賊正在偷盜理智的寶庫，而光明護衛者卻還在大睡懶覺。我看到女人就像男人手中的一把吉他，而他又不諳彈奏，於是吉他發出的聲音也不能愉悅他的身心。

我看到赫赫有名的軍隊包圍了具有光榮傳統的城市，我也見過因為人數不多，且不能團結一致的潰軍。我看到真正的自由踽踽獨行在街上，數次叩門求宿，大家卻總是將它拒之門外。接著，我看到桀驁放肆成群結隊，大家還視其為自由。我看到宗教被埋藏在了書本裡，取而代之的是虛妄和眩惑。我看見眾人給忍耐穿上怯懦的外衣，讓堅毅戴上了遲緩的帽子，稱斯文為膽小。我看到在文學的大宴上，不速之客大言不慚地侃侃而談，受邀者卻沒發一言。我看到揮霍者手中的錢財導致的是邪惡，吝嗇鬼手中的錢財招來的是他人的嫉恨，而在智者手中卻看不見分文。

我看到了這一切，面對這所有，我不禁痛苦地失聲大叫起來：「神的女兒呀，難道這就是大地？難道這就是人類？」神的女兒用令人膽戰的平靜聲音回答道：「這就是鋪滿荊棘、滿是螢火蟲的心靈之路，這就是人類的影子，是黢黑的夜，黎明終將來臨。」然後，她再次用手捂住我的眼睛，當她抬起手時，我發現自己又和那個年輕人結伴緩步前行，而希望則在我的前面飛奔。

昨日與今日

一位富人在自己宮殿的花園裡散步，煩惱揮之不去，一種擔憂在他頭上盤旋，宛如老鷹在一具屍體的上空繞飛。富人來到一彎湖邊，這是靠人力挖掘而成的人工湖，湖的四周聳立著許多大理石雕塑。富人坐在那兒，時而看著從雕像中噴湧而出的水柱，那水柱就如同種種思緒從情人的腦海中湧出一樣；時而，他又向那高地望去，建在高地上的那美麗宮殿，就如同女孩臉頰上的一顆美人痣。

他坐在那兒，回憶陪他同坐。回憶在他眼前一頁一頁地打開，那是過往為他的一生書寫的小說。他讀著，淚水遮住了他的視線，使他無法看清那灣人工湖的湖水，陣陣惋惜使他心中又憶起了神為他織就的昔日畫面，所有的煩惱只能用言語道出，於是，他說道：

「昨日，我在翠綠的山岡牧羊，歡欣地生活，吹著心愛的蘆笛，宣洩我的喜悅。今日，我卻成了貪欲的俘虜，被金錢操縱，除了錢還是錢，甚至沉湎於金錢而不能自拔，乃至釀成不幸。我曾經像小鳥啁啾歡唱，我也曾像蝴蝶自由飛翔，我在田野行走，步履輕盈，勝過輕輕掠過綠茵的細風。今日我淪落成世俗陋習的囚徒，為了取悅他人，或為了遵從他們的規矩，無論穿著打扮，或在飯桌上的行為舉止，或在其他場合都必須裝腔作勢。昨日，我多麼想能夠享盡人間的一切歡快。然而，再看看眼下的自己，我竟累成這般模樣，錢成了哀愁的淵藪。我竟像一頭身馱黃金的駱駝，是黃金致牠累死。坦途何在呀？那歡唱的潺潺小溪又在哪裡？新鮮的空氣何在？大自然的榮耀又在哪裡？我的神性何在？所有這些都已丟失，留給我的只有金子，我酷愛金子，金子卻將我鄙視；雖然有很多奴僕，可是我的歡愉卻越來越少，我營造了宮殿，卻扼殺了歡娛。

「昨日，我與牧羊女孩一起閒步，兩小無猜唯有貞操和純潔，真愛是我們的摯友，月亮是我們的守護。今日，我身邊的女人個個都是伸長著脖子行走，還擠眉弄眼，她們用項鍊和腰帶換取美豔，見到鐲子和戒子便可出賣色相。

「昨日，我和朋友一起在林中像羚羊般追逐嬉戲，唱著歡歌，共用野趣。今日，我在人群當中，猶如落入群獸凶爪的羔羊，我行走在大街上，被仇恨的眼盯視，被嫉妒的手點觸；我若去遊樂場，看到的盡是冷酷的臉、高昂的頭。

「昨日，我被賦予生命，盡可享受大自然的美。今日，我的這一享受已被剝奪。

「昨日，我是富翁，幸福無比，今日，因為有錢而成貧困。

「昨日，我和我的羊群，有如仁慈國王與他的臣民百姓。今日，我在黃金面前，卻像一個下賤的僕人面對同樣受虐的主人。我沒有想到錢竟能遮住我的心靈，甚至將其引向愚昧的深淵；我也沒有料到，世人眼中的榮耀竟似地獄之火灼傷心靈。」

富翁起身向他的宮殿走去，口中不停地歎惋：「難道這就是錢？難道這就是我已成為它的祭師的神靈？難道這就是我們用生命換取的東西？誰能賣給我美好的思想，我願意出一堪他爾[1]黃金的高價？誰能給我一隻能看見美的眼睛，誰能給我哪怕一分鐘的愛，我願意用我金庫全部的財產與他交換？」

他走到宮殿門口時，像耶利米望著耶路撒冷那樣望著城市，並指著那城市，像是在為它致哀，然後大聲說道：「臣民百姓啊，你們行走在黑暗之中，坐在死亡的陰影下，快步緊跟困苦，你們胡亂判案、滿口蠢言，你們吃食芒刺、魚骨，卻將花朵投進深谷，如此這般，要到何時才能結束？你們居於坑窪之地，與廢墟為鄰，棄生命的花園於一邊，此種狀況還要持續多久？你們衣衫襤褸，為何不要綢緞綾羅？智慧的燈盞已快熄滅，快給它添上燈油，強盜已將幸福的果園砸毀，快奮起護衛，盜賊正在你愜意的寶庫中行竊，快快多加小心。」

1　堪他爾：埃及重量單位，約等於四四．九公斤。

就在那一刻，一個窮人來到富人面前伸出手向他乞討。富人朝他看了一眼，收住了顫抖的雙唇，緊繃的臉頓時得到了舒展，一束同情的光亮掠過他的雙眼。曾在湖邊向它致哀的往昔已經走來並向他問候，於是，他走近乞討者身邊，滿懷愛意和平等地吻了他，並將大把的黃金塞入他的手中，然後用溢滿仁慈的話語說道：「我的兄弟，現在你就收下吧，明日你和你的夥伴一起再來，取回屬於你們的錢財。」窮人臉上露出微笑，那微笑就如同凋謝的花朵喜逢雨露重新綻放一般，之後他匆匆離去。

富翁進入宮殿，說道：

「生活中的一切都是美好的，錢財也一樣，因為它教人記住箴言。錢財就像一架風琴，不諳彈奏的人聽不到悅人的曲調；錢財猶如愛，吝嗇愛的人，愛令其死亡，奉獻愛的人，愛使他永生。」

靈魂啊，求你寬恕，求你憐憫

我的靈魂呀，你知道我懦弱，但你的哭號要到何時才能停止？我只有用人類的詞彙來形容你的夢，但你如此嚷嚷要到哪天才能結束？

我的靈魂呀，你瞧瞧，我已耗盡一生，為的就是聆聽你的教誨；你再想想，令我痛苦的靈魂，為了緊緊地跟上你，我不惜累垮自己的身體。

之前，我的心屬於自己，而今，它已成為你的奴僕；我的堅毅曾經給我帶來安慰，如今因為你，它也開始對我責備。之前，青春是我的陪伴，而如今，它也在將我非難。所有這些都是你從神那兒帶來的，請問這還不夠嗎？請問，你到底還有什麼奢望？

我否定了自我，丟棄了我生命的避難地，遠離了我畢生的榮譽，除了你，我什麼都沒有留下，你要秉持公正對我評判，因為公正是你的榮譽所在。要不，你就喚來死神，讓我從你的管束中徹底獲得釋放。

靈魂呀，求你寬恕，你讓我背負的愛，我實在難以承受；你和愛就是一種合力，而我和物質不僅弱小，而且不能凝聚，這強弱對峙豈能長久？

靈魂呀，求你憐憫，你讓我遠遠地看到了幸福，你和幸福站在高高的山頂，而我和不幸則身處幽深的谷底，高低如此懸殊豈能相會？

靈魂呀，求你寬恕，你向我展現了美，卻又將它隱匿。你和美處於光明之處，我和愚昧卻在黑暗之中，光明和黑暗豈能融為一體？

靈魂呀，來世尚未到來，你就在為它歡欣。這肉體屬於生命，卻又因生命而悲鬱侘傺。你疾步走向永恆，而肉體卻慢慢接近毀滅，你不會放慢腳步，它也不會加速行走，靈魂呀，這才是至極的不幸。

你因上蒼的魅力而升向天穹，肉體卻因大地的引力而下墜，你不會對它表示安慰，它也不會向你表示祝賀，這就叫嫌棄。

靈魂呀，你極富睿智，肉體則緣於其本質而尤顯貧困。你不善寬容諒解，它也不會跟隨效仿，這才是至極的悲哀。

在夜的靜寂中，你來到心愛人的身邊，與他一起享受著合體和相擁的歡快，肉體則永遠因思戀和分離而致命。

靈魂呀，求你寬恕，求你憐憫。

寡婦與她的兒子

黑夜疾速向北方襲去，很快征服了白晝。白天，卡迪沙谷地[1]周邊的村莊下了一場大雪，使田野和山丘變成了白紙。寒風在上面吹過，像是不停地在書畫線條，又不停地將它擦去；風暴也在這紙上肆意嬉戲，施展出發怒氣候與恢宏大自然集為一體時的威力。

大家全都躲進了屋裡，動物也都歸穴，所有的生靈都已停止了活動，只剩下凜冽嚴寒、呼嘯朔風、令人生畏的漆黑夜色和恐怖的死亡。

在那片村莊中有一孤零零的小屋，小屋裡有一個女子坐在火爐前織著毛衣。她唯一的兒子倚在她身邊，不時看著爐火，不時又抬頭看著母親那張安靜的臉。這時，狂風大作，小屋的每個角落都在抖動。小男孩很害怕的樣子，趕緊依偎在母親身上，期待她的仁慈能為他抵禦各種來襲的憤怒。母親擁著他，將他緊緊摟在懷裡，然後又讓他坐在自己的膝蓋上，她說

1 卡迪沙谷地：黎巴嫩最深的山谷之一，海拔約一千五百公尺，位於黎巴嫩北部，距首都貝魯特約一二一公里，亦稱「聖谷」。

道：「孩子呀，別怕，這是大自然在警告人類，因此，它展現出了威嚴和力量，人類在它面前又是何等的渺小和脆弱。孩子呀，別害怕，在這交加風雪、密布烏雲、肆虐寒風的背後，有一個聖靈，他完全知道田野和山丘的需要。在這一切的背後有一個觀望的小窗，一雙同情和憐憫的眼睛正在觀望著人的卑微。別怕，我的心肝寶貝，大自然在春天綻露微笑，待到夏天它就會放聲大笑，在秋天它就會歎息，現在它是在哭泣，深埋在數層泥土之下的脈動生命正期待著吮吸它冰涼的淚水。睡吧，我的孩子呀，到了明天，等你醒來時，就會看到天空萬里清澈，田野披上了雪白的外衣，宛如靈魂在與死亡搏鬥後穿上了純潔無瑕的衣裳一樣。

「快睡吧，我唯一的孩子，你父親正從那永恆之地看著我們。暴風和白雪真是太棒了呀，它讓我們憶起了永恆的靈魂。睡吧，親愛的，四月來臨時，我們將從這些相互劇烈搏鬥著的不同元素中採摘豔美的花朵。孩子呀，人也一樣，只有歷經了分離的痛苦、忍耐的煎熬、令人窒息的絕望之後才能斬獲真愛的果實。快睡吧，我的小人兒，甜蜜的夢將來到你的心靈，既不怕黑夜的恐怖，也不懼冰寒的襲擾。」

孩子望著母親，瞌睡已經使他睜不開眼，他說：「瞌睡讓我的眼皮好沉重啊，媽媽，我真怕在禱告前就睡著了。」

慈祥的母親緊緊地抱著他，兩眼噙滿淚花，看著兒子天使般的臉龐，說道：「孩子呀，跟著媽媽一起說：主啊，憐憫一下窮人吧，讓他們免遭寒冷的折磨，用祢的手遮蓋住他們赤裸的身體吧。主啊，祢看看睡在茅屋裡的孤兒，凜冽的寒氣正在傷害他們的身體。主啊，祢聽聽寡婦的呼喊，她們露宿街頭，正在死亡和酷寒的魔爪中掙扎。主啊，用祢的手伸向富人的心，打開他的眼，讓他看到被虐待的窮人是何等的貧困。主啊，同情一下在這黢黑的夜晚仍在門外忍受飢餓的人吧。主啊，祢要將淪落他鄉的陌路人帶進溫暖的棲身地，祢要憐憫他們背井離鄉的憂愁。主啊，祢再看看這些小鳥，用祢的右手呵護好面對刺骨寒風而擔驚受怕的小樹……主啊，但願這一切都將成為現實。」

當瞌睡擁抱了孩子的靈魂，母親便將他抱到了床上，用顫抖的雙唇親吻了他的額頭，然後坐回到火爐旁，繼續為他編織毛衣。

世代與民族

在黎巴嫩山麓，小溪銀絲般的流水在岩石間蜿蜒潺潺，牧羊女坐在小溪旁，周圍是她的羊群，瘦弱的羊在鮮嫩的荊棘叢中啃食著已經枯黃了的草。女孩望著遠處的暮色晚霞，像是閱讀書寫在天幕上的未來，淚珠掛在她的眼瞼上，猶如露珠綴飾著水仙花的花瓣。憂愁打開了她的雙唇，好似還要占據她不時歎惋的心房。

夜晚降臨，不一會兒，那片高坡就被披上了陰暗的外衣。突然，一個老人出現在女孩面前，他白鬚垂胸，銀髮披肩，右手握著一把帶刺的鐮刀。老人用海浪咆哮般的聲音說：「敘利亞[1]，你好。」

女孩驚愕地站起身，用惶恐又痛苦的聲音斷斷續續地應答道：「世代老人呀，你現在又要我做什麼呢？」

牧羊女朝她的羊群望了望，接著又說：「我的羊群曾經遍布整個山谷，你貪婪至極，剩下的就這些了，難道你還不夠嗎？

「在這塊土地上，我已經發現了被你踩踏過的痕跡，而它原來曾是肥沃的糧倉，羊群在這兒吃著鮮嫩的花草，擠出美味的乳汁。如今這些羊全都飢腸轆轆，啃食著荊棘和樹皮，掙扎在死亡邊緣。

「世代呀，你要敬畏神，快快離開我吧。一想到你對我的不公，我就對生命感到厭惡，你鐮刀的殘暴更令我嚮往死亡。

「放了我吧，讓我獨自一人以淚止渴、以苦為樂。世代老人呀，你還是去西方吧，那裡的人全都沉浸在生命的喜樂與節日的歡快之中，你就讓我在你操辦的葬禮上哭號吧。」

世代老人用父親般的眼光看了看她，隨即將鐮刀藏進了衣服裡，說道：「敘利亞呀，我從你這裡拿走的是我曾經給你的，這不是掠奪，而是借貸，我會如數歸還，且一定信守承諾。你要知道，你的姊妹民族，他們正在消費屬於你的榮耀，他們有權穿上你的衣裳。我和公正原為一體，只有將原先賜予你的，也同樣賜予你的姊妹，我才會感到心安。愛是不能分割的，只有做到了公平，我才能讓你們懷有對我同樣的愛。敘利亞呀，你和你的鄰居埃及、波斯、希臘一樣，他們的羊群和你的羊群一樣，他們的牧場和你的牧場相仿。敘利亞呀，你聽說的

1 敘利亞：這裡指包括敘利亞、黎巴嫩、約旦、巴勒斯坦等在內的大敘利亞。作者用擬人化手法將大敘利亞比喻成一個女孩。

什麼『衰敗』，在我看來那是必要的熟睡，隨之而來的是活力和奮進。花兒只有經歷了枯死才會迎來再生，愛只有歷經了分離才更顯高貴。」

老人走近女孩，伸出手說道：「眾先知的女兒呀，握住我的手吧。」

女孩握著老人的手，兩眼含淚，望著他說道：「再見了，世代老人，再見。」老人答道：「再見，敘利亞，再見吧。」

瞬間，老人像閃電一樣不見了蹤影，女孩召喚著她的羊群，邊走邊不停地咕噥著：「還會再見嗎？真的還會再見嗎？」

在美神的寶座前

我逃離了社會，徘徊在那廣闊的山谷，時而伴著小溪流水，時而聆聽鳥兒不住地歡唱，最後來到了一處被茂密樹葉遮蔽了陽光的地方。我坐了下來，與我的孤獨攀談，與我的心靈私語。乾渴的心靈，在它眼裡可見的全是海市蜃樓，不可見的盡是瓊漿玉液。

我的理性已從物質的羈絆中得到解脫而升騰，於是我顧盼左右，突然發現一個女孩正站在我的身旁。哦，她是一位素顏仙女，只用一束葡萄枝遮蓋著部分身體。秋牡丹編織成的花環籠住了她的一頭金髮。她從我的眼神中看出我的愕然和不知所措，便開口說：「我是森林之女，別害怕。」她甜美的聲音使我緩過神來，我說：「所有像你一樣的人，他們都住在這群獸出沒的荒野嗎？你要發誓說實話，你是誰，從哪裡來？」她在草地上坐下，然後說道：「我是大自然的象徵。我就是你的祖先膜拜的仙女，為此，他們還為我在巴勒貝克、艾弗加、朱拜勒[1]都建造了祭壇和寺院。」

我說：「那些寺院早已被毀，我祖先的屍骨也早已化為塵土，他們所膜拜的神祇，以及他們信奉的宗教均已痕跡不再，只有在書本中才有些許描繪。」

她說：「有些神因其膜拜者而生，也因其膜拜者死而死。有些神則以其自身的神格而生，祂們是永恆的神。而我的神格則來自那隨處可見的美，這美就是大自然的一切，這美就是丘陵牧羊人、田野莊稼人，以及與山間、洋邊漂泊人的幸福之起源；這美是智者用於攀登不破真理之寶座的階梯。」

我的心怦怦直跳，像是在說著口舌不會說出的話語。我說：「美是一種威嚴可怕的力量。」

她嘴唇上綻出像花兒一樣的微笑，她的目光中深含著生命的奧祕，她說：「你們人類什麼都怕，甚至害怕你們自身。你們怕天，而天卻是安寧的源；你們怕大自然，而它就是安逸的溫床；你們怕眾神之主，還將仇恨和憤怒歸咎於祂，而祂即便不是愛和仁慈，那祂也不可能是其他。」

一陣蘊含著無數美夢的寂靜之後，我問道：「那這美又是什麼？世人對它的理解大相徑庭，於是對它的頌讚和愛也大不一樣。」

她說：「這美就是你心中的一種引力，你只要見到它，你就會想到給予而不是索取；你只要遇到它，你就會感到從你的內心伸出無數的手，正想擁抱它，將它植入你的內裡。肉體視它為考驗，靈魂則視它為饋贈。它可使悲歡得到調和。它不被視，亦不被知，靜靜的也不被聽。它是一種力，始於你最聖潔的內裡，終於你所有的臆想之外……」

森林之女走近我，將她馨香的手放在我的眼上。當她鬆開手時，我發現自己仍獨自在那山谷中。我開始往回走，心靈不住地喃喃自語：「美，當你見到它時，你想到的是給予而不是索取。」

1 巴勒貝克、艾弗加、朱拜勒：均為地名，是黎巴嫩的名勝古蹟之地。

睿智的到訪

在夜的靜謐中，睿智來了，它站在我的床前用母親般充滿慈愛的目光看著我，並為我抹去淚水，說道：「我聽到了你心靈的呼喊，於是來到你的身旁，為的就是撫慰你的心靈，打開你的心扉，為其注入陽光。你問吧，我將為你指引通往真理的道路。」

我說：「睿智呀，請告訴我，我是誰？我怎麼會來到這個可怕的地方？這兒為什麼會有那麼多的宏大意願，那麼多的書籍和奇妙的圖畫？為什麼會有如同鴿群掠過般閃現的思緒？這態度鮮明的詩句和極富意趣的散文又是怎麼回事？這些成果既令人悲又使人喜，既擁抱我的心靈，又常伴我的心頭，它是如何形成？這凝視我的眼睛、洞察我內心的目光為何不願造訪我的痛苦？這些聲音為什麼只哭號我的當今，歌唱我的童年？這青春又為何物，它撥弄我的喜好，蔑視我的情感，忘卻昨日的努力，只為今天的無趣興奮，還抱怨明天來得太慢？這又是一個怎樣的世界，竟帶我走向我不認識的地方，且和我一起處於沒有尊嚴的地位？這大地為何張開大嘴吞噬軀體，卻敞開胸懷任貪婪入住？抵達幸福不能不經懸崖，人為何對幸福還如此依戀不捨，情願以接受死亡的抽打為代價求得生命的一吻，用一年的懺悔換來一分鐘的逸樂？為什麼夢在呼喚，他卻沉睡不醒，任憑愚昧溪流帶他一起流向黑暗的海灣？睿智啊，這一切到底是怎麼回事呀？」

於是，睿智答道：「人類呀，你在用神的眼睛看這個世界，而用人的思維去理解未來世界的所在，那才叫愚蠢至極。你朝向野外，就會看到蜜蜂圍繞鮮花飛來飛去，而老鷹正向著牠的獵物俯衝；你走進鄰居家裡，便會發現孩子因為看到了火光而驚喜，而他的母親正忙著家務。你要像蜜蜂，不要因為觀望老鷹的獵物而浪費了春天的大好時光；你要像那孩子一樣為火光而欣喜，不要纏著母親。

「你所見到的一切，無論是過去還是現在，都是為了你。那麼多的書籍、那麼多奇妙的圖畫，還有精彩的思緒，都是你祖先靈魂的幻影；你所織就的詩句是你和人類兄弟之間溝通的橋梁；這令人悲、使人喜的成果是過往在靈魂的田野中所撒下的種子，未來將會從中受益……這撥弄你喜好的青春，將打開你的心扉之門，以便讓陽光入駐；張開嘴的大地將使你的靈魂擺脫你的肉體的奴役；那帶你行走的世界就是你的心，而你的心就是你以為的世界之全部；在你的眼中愚昧而渺小的人，他來自神，意在從痛苦中習得快樂，於黑暗中獲取知識。」

睿智將它的手放在我那發燙的前額上，說：「走吧，往前，不要停步，前面就是完美。走吧，不要怕路途多荊棘，因為它只會讓病血流盡。」

朋友的傳說

一

我所知道的他，是生活中的迷途青年，他被蕩漾春心左右，深陷於各種嗜好而不能自拔；我所知道的他是一朵鮮嫩的花兒，物質的風將他吹向荒淫的波濤。我是在那個村裡認識他的，那時他是個壞孩子，我曾經看見他撕扯鳥兒的羽毛，活活弄死雛鳥，用腳踩踏花冠，毀壞花的豔容；我知道，在學校讀書時，他正值青春，那時他不善自律，狂傲不羈；到了城裡，我知道，他做盡了虧本的買賣，丟盡了父親的臉面，他竟在花柳場上肆意揮霍錢財，將理性全都交給了醇醪佳釀。

然而，我喜歡他，但這是一種出於同情和夾雜著些許遺憾的喜歡。我喜歡他，那是因為他的叛逆並非出自卑微之心，而是來自懦弱且絕望的心靈。大家呀，這心靈因為無奈才遠離了理智之道，卻依然盼著回歸正途，青春無異於突然而至的颶風，帶著漫天沙塵撲面而來，讓人睜不開眼，致使他在很多場合長時間難辨方向。

我喜歡這個年輕人，而且是真心真意地喜歡，因為我看到了他良心的鴿子正在阻止他再行不端、再施劣行。然而，由於對手實在強大，而非鴿子般的荏弱，鴿子終於未能如願。良知是公正的法官，他卻怯懦，正是怯懦阻礙了它去實施自己的裁決。

我說，我喜歡他。喜歡的表現形式各種各樣，有時體現於智慧，有時體現於公正，有時又體現於期待，我對他的喜歡就體現在我對他的期待之中，期待他能用像陽光一樣的心靈之光去戰勝暫時的艱難黑暗。我實在不知道，在哪裡、要如何才能使汙穢變成純淨，使凶殘變成溫和，使魯莽變成理智。人只有完成了自我解脫之後，才能知曉如何使心靈擺脫對物質的膜拜，人只有等到晨曦綻露那一刻，才會見到花兒的微笑。

二

奇蹟隨著長夜一起逝去，但我時常不無悲傷地想起那個青年，口中還會不停地念叨他的名字。只要想起他，我就會禁不住一陣錐心、令心流血的歎息，直到昨天，我收到了他的一封來信，他在信中說道：

「我的朋友呀，快來吧，我想讓你認識一個年輕人，見到他，你一定會心花怒放，認識他，你一定會深感欣喜。」

我說，我也太倒楣了吧，難道他還想在這痛苦的友情之上再疊加另一同樣悲怯的友情？難道他的所作所為還不足以解讀什麼叫誤入歧途？難道他還欲以他朋友的劣跡來說事，從而弱化他的典型，以使我一字不漏地讀完這本物欲之書？我又想，我還是去吧，心靈可以憑其睿智從帶刺的鼠李叢中採摘果實，肉心亦可以它的仁愛從黑暗中汲取光明。

夜幕降臨時，我去到那裡，看到那個年輕人正獨自一人在屋裡讀著一本詩集，我向他表示了問候，不禁對其手中捧著的那本書感到詫異，便說：「你說的那個新朋友呢？」青年答道：「他就是我呀，朋友，就是我。」接著，青年安靜地坐了下來，我從來也沒有見過他這種安靜的樣子。年輕人看著我，兩眼閃現出奇異的光，直射胸膛，穿透周身。我曾經時常關注的那雙眼，以前布滿凶殘和冷漠，如今卻閃爍著令心靈滿溢溫順的光芒。然後，他又說——那聲音我還以為不是出自他自己：「你在童年時代看到的那個孩子、你在學校讀書時認識的那個學生，以及你在青年時與他一路為伴的年輕人已經死了，正是他的死迎來了我的生。我是你的新朋友，來吧，請握住我的手。」

我握著他的手，頃刻感到在那手中有一個溫柔的靈魂正隨著血液在流動，原來粗糙的手已經變得柔軟，昨天酷似虎爪的手指也已變得可以輕柔地觸摸人心。我還記得，當時我說的話真還有點離譜。我說：「你是誰，你怎麼走了，你去哪裡了？是靈魂視你為神殿並將你膜拜，抑或是你在我面前扮演著詩劇中的一個角色？」

他說：「是呀，我的朋友，那靈魂已降臨我身，偉大的愛使我變得聖潔、讓我的心成為純潔的祭壇。我的朋友，是女人，是以前在我眼裡僅是男人手中玩物的女人拯救了我，讓我擺脫了地獄的黑暗，為我打開了天堂的大門，我才得以進去。真實的女性帶我去了約旦的至愛之地[1]，並且為我施洗。我曾經因為愚昧而蔑視她的姊妹，而正是她讓我攀上了榮譽的寶座；我曾經因為無知而羞辱過她的同伴，而正是她用自己的情感純化了我的心靈；我曾經仗著有錢，奴役了和她一樣的女性，而正是她用自身的美解救了我，是女性用強烈的意志和亞當的軟弱將亞當逐出了天堂，而正是她，又用自己的溫柔和我的依從將我再次送回那座天堂。」

就在那一刻，我看了看他，只見他的兩眼都噙滿了淚水，嘴上卻是掛著微笑，愛的光環已經綴飾在他的頭上了。我走近他，像牧師親吻聖盤那般地親吻他的前額，以此表示祝福之意，然後向他道別，在回去的路上，不止一遍地重複著他說的話語：「是女性用強烈的意志和亞當的軟弱將亞當逐出了天堂，而正是她，又用自己的溫柔和我的依從將我再次送回那座天堂。」

1 約旦的至愛之地：指位於約旦河畔的耶穌施洗地。

真實與幻覺之間

生活讓我們從這裡來到那裡，命運又使我們面對各種境遇。我們看到的只是前進道路上的障礙，聽到的只是令人膽戰的聲音。

就在我們面前，美神端坐在榮譽的寶座上，於是我們走近他，以思慕為名，弄髒了他衣服的下襬，摘下了他聖潔的桂冠。愛神穿上了溫順的衣裳，從我們身邊走過，我們有點怕他，便躲進了幽暗的洞穴，或者緊跟著他，並以他的名義為非作歹。我們當中的智者，視美為背負在肩上的沉重桎梏，而美實在是比花兒的芬芳更加溫馨，比黎巴嫩的細風更加柔和。

智慧之神佇立在大街的十字路口，當眾召喚著我們，我們卻以為他是一種虛偽，更看不起他的追隨者。自由之神盛邀我們入宴，讓我們品嘗自由的美酒佳餚。我們來到那裡，並大快朵頤，飽了口福，而那盛宴竟成了低賤庸俗之地、自我受辱之所。

大自然向我們伸出友情之手，希望我們去享受它的美，而我們卻害怕它的寂靜，於是我們就來到了城市，在城市我們越聚越多，像面對餓狼的羊群，相互擠縮在一起。

真實帶著稚童的微笑，或帶著充滿愛意的吻來到我們這兒，而我們卻將情感的大門緊緊關閉，像罪犯一樣遠遠地躲避它。人心在向我們求救，靈魂在向我們吶喊，我們卻充耳不聞，不思省悟，不善理解；如果有誰說他聽到自己的心在呼喊、靈魂在召喚，我們就會說：「這人有點瘋，我們得離他遠一點。」

夜在流逝，而我們則處於不知不覺中，我們與白晝握手，而我們卻既怕黑夜又憂白晝。我們接近泥土，而神則屬於我們；我們路經生活的麵餅，飢餓卻在蠶食消耗我們的力量。生活真的很可愛，可是我們距離生活實在太遠。

致我的窮朋友

啊，你呀，生於苦難的搖籃，長於屈辱的懷抱，在專制人家度過青春，你伴著陣陣歎息啃吃風乾的麵餅，和著淚滴吞咽苦水。

當兵的人呀，因為人類不義的法律你被迫別離妻兒，告別愛你的人應徵從軍，為了被他們稱為義務的野心，走向死亡的戰場。

詩人呀，你像個異鄉客生活在自己的國家，儘管身處熟人之中，卻不被人知曉，你甘願忍飢挨餓，伴著墨水紙稿度日。

囚犯呀，因為小小的過失你被投入了黑暗的牢房，那些主張以惡制惡的人是何等的荒唐，他們肆意誇張過失，就連希望藉由腐敗促成改革的智者都感到不可思議。

可憐的女人呀，神賜你美貌，令時髦男子對你窮追不捨，百般引誘，出金錢讓你戰勝貧困，於是你就依從了他，他卻又像扔棄獵物一樣將你拋棄，讓你在屈辱和不幸的魔爪中顫抖。

我懦弱的好友呀，你們是人類法律的犧牲品，你們是不幸者，你們的不幸源於強者的凶殘和統治者的暴虐，來自富人的不仁不義，也源於貪欲者的自私。

不要絕望，在這世界上所有不公的背後，在烏雲、在以太之外，在這一切的背後，有一種力量，它是至極的公正、至極的憐憫，是所有的仁慈和完美的愛。

你們宛如在陰暗之處綻放的鮮花，惠風掠過，將你們的種子吹向陽光之地，你們將在那兒重新迎來新的生命。

你們就似冬雪重壓下的裸樹，春天即將來臨，它將為你們再次披上嫩綠的新裝。

真理將撕下遮蓋你們微笑的淚簾。

我的兄弟呀，我親吻你們，我鄙視壓迫你們的人。

田野哭聲

黎明時分，太陽還沒有從朝霞後面露出笑臉，我坐在田野中央，與大自然竊竊私語。時光裡滿溢著純潔與美麗，而人類卻仍被睏意包裹，時而做著美夢，時而睜開矇矓睡眼。我枕著一片綠茵，直面眼前的一切，探尋著美的真諦，試圖弄清何為真實的美。

當我將自己的想像與人類切割，我的幻覺便為我撕開了遮蓋著精神自我的物質面紗。頓時，我便感到一束靈魂的光亮讓我走近大自然，並為我闡釋了大自然的無數奧祕，讓我理解了自然萬物的語言。

正當我處於如此狀態之中，一陣細風在繁茂的樹枝間掠過，那聲音好似無助孤兒的歎息。我不解地發問：「溫柔的細風呀，你為何這樣歎息？」它答道：「因為我怕炎炎烈日，便逃到了城裡，然而，城裡的病菌卻汙穢了我淨潔的身體，人類帶毒的氣息將我緊緊糾纏，你才會看到我如此憂傷。」

接著，我將目光轉向了鮮花，只看到花眼中滴滴露珠彷彿淚水潸然。我又問道：「嬌美的花兒呀，你為何這般哭泣？」一朵花兒抬起它高雅的花冠，說：「我們哭泣，因為人類將來此地，他們會掐斷我們的頸脖，帶我們進城，將我們像奴隸一樣出售，而我們向來就是自由的。到了晚上，當我們凋謝了，他們就會將我們丟棄，把我們扔進垃圾桶。我們怎麼能不哭呢？人類的手實在太殘忍，他們將我們與田野故土兩分離。」

須臾間，我聽到了小溪宛如失去愛子的母親那樣在哭號，於是我問道：「甘甜的溪水呀，你又為何如此哭號？」它回答說：「因為我是被迫流向城市的，那裡的人看不起我，他們以喝葡萄酒代替喝水，讓我去為他們沖洗汙垢。我怎麼能不哭？因為過不了多久，我的清澈將變得骯髒，我的純潔將淪為汙濁。」

我側耳細聽，又聽見鳥兒像哭喪一般吟唱著一首悲歌，於是，我問：「漂亮的鳥兒，你怎麼也這樣哀哭不止？」一隻小鳥飛近我，在一根樹梢上停了下來，說：

「不一會兒，人類將帶著一種地獄的器械，像鐮刀割莊稼似的將我們消滅，我們現在是在相互訣別，因為沒人知道誰能逃脫這必然的命運，無論我們在哪裡，都被死亡緊緊盯著，我們能不哀號嗎？」

太陽從山那邊冉冉升起，為樹頂戴上了金色的冠冕。我不禁自問：「人類為什麼要去毀壞大自然的造物呢？」

陋屋與宮殿之間

一

夜已降臨，富人家的大廳裡燈火輝煌，僕人穿著帶有耀眼金色鈕扣的絲絨禮服站立在大門口，恭迎賓客光臨。樂隊奏響了歡快的樂曲，男女貴賓絡繹不絕，乘著豪華的馬車抵達宮殿，他們全都衣著鮮亮，盡顯高貴、豪雅。

男士起身來到女士之前邀請共舞，女士選定舞伴。瞬間，大廳變成了蕩漾著音樂惠風的樂園，女士隨即像花兒般如癡如醉地搖擺了起來。半夜時分，餐桌擺就，桌上放滿了各種各樣的水果，色彩特別絢麗。眾賓齊飲，杯觥交錯，不一會兒個個都因酒而漸失理智，不能自主。

直到晨光初露，這幫富貴佳人才慢慢散去。通宵達旦的消遣和跳舞讓他們早已筋疲力竭，整夜的縱酒豪飲讓他們心力交瘁。他們在醉意矇矓中回到自己舒適的軟床。

二

太陽已經西下，一個身著工作服的男子站在破敗不堪的陋屋門前。他敲了敲門，門打開後，男子走進屋裡，微笑著向家人問候。然後在圍著火爐的孩子中間坐了下來。過了一會兒，妻子做好了晚飯，於是一家人圍著一張木製的餐桌開始大口大口地用餐。飯後，又在一盞油燈旁坐了下來。那油燈微弱的黃色光亮猶如射向漆黑的一根亮箭。

過了九點，大家這才靜靜地站起身來，然後各自入眠。

黎明時分，那男人就早早起床了。和妻兒一起匆匆吃了少許大餅、喝了一點點牛奶後，又吻了吻他們，便扛上一把大鋤向田地那邊走去。他用自己的汗水澆灌這片土地，並從中收穫；他用自己付出的辛勞供養著整夜花天酒地的達貴富人。

太陽從山後冉冉升起，熱浪直接曬在農夫的頭上，而那些富人卻仍在豪華宮殿裡酣睡。

這就是歲月舞臺上的人間悲劇，觀者之多，喝彩叫好者也不少，卻鮮有人對此有所深思。

兩個孩子

一位埃米爾站在王宮的陽臺上，向聚集在花園裡的眾人發出召喚，他說：「我給你們帶來了喜訊，我為你們的王國祝福，王后生下了一個男孩，他將振興我尊貴家族的榮耀，他是你們的驕傲，也是你們的依靠，他將繼承你們偉大父輩未竟的事業。你們歡呼吧，因為你們未來的希望已經被寄託於王位繼承者的身上。」

於是，眾人大聲叫嚷，歡呼聲響徹雲霄，迎候男孩的誕生。這男孩幼年時在奢侈的搖籃中嬌養，成年後更是位於權位中心而春風得意，不久便成了手握奴隸生殺大權的絕對統領。他以強者的姿態操控著弱者的一切，任意擺布他們的軀體，乃至毀滅他們的靈魂。而人民竟還為此與高采烈大唱讚歌，甚至為此極度亢奮。

就在這座城市的臣民百姓盛讚強者、蔑視自己、高呼暴君大名，天使則在為他們之中的弱者哭泣的時候，一間被廢棄了的陋屋裡，一個女子躺在病榻上，她將一個用破爛襁褓裹著的嬰兒緊緊地摟在自己溫暖的懷裡。

歲月注定了女子的貧窮，貧窮就是不幸。於是，她幾乎被她的同類忽略。她為人妻，可是在強勢國王的奴役下，她那懦弱的丈大被奪去了生命。她孤獨無助，神卻在那天夜晚給她送來了這個小夥伴。她被這孩子緊纏雙手，以至於無法勞動、無法營生。

大街上的喧囂終於平息，可憐的女了將孩子抱在懷裡，看著他那閃亮的雙眼，不禁失聲痛哭，彷彿她欲用熱淚為孩子洗禮。她用那頑石也會為之動容的聲音說：「我的心肝寶貝呀，你為何要離開靈魂的世界來到這裡，難道你想分擔我這生活的苦難？抑或是出於你對我無能的同情和憐憫？你為何離開天使和無垠蒼穹來到這滿是痛苦和屈辱的狹窄人間？我唯一的孩子呵，在我這兒有的只是淚水，難道你能以淚代奶餵養自己？難道你能以我這赤裸的雙臂當作織物用以裹身？幼小的牲畜且可牧草，並能在自己的圈棚內平安度夜；雛鳥且可自己覓食，然後愜意地棲身於枝間的窩巢，而你，我的兒呀，除了我的無盡歎息和虛弱，你一無所有。」

這時，她再次緊緊地將孩子摟進懷裡，彷彿欲將兩個軀體合二為一。她抬起雙眼，望著上方，高聲呼喚道：「主啊，請憐憫憐憫我們吧！」

烏雲漸漸散去，月亮再次露了出來，溫柔的月光透過窗投向那間陋屋，灑在了兩具屍體上。

旅美派詩人

赫利勒[1]視詩歌的格律為瓔珞，並予以精心整理串接，如果他當時意識到這一格律會成為才智是否出眾的評判標準、成為拴接思想貝殼的繩線，他一定會扯斷串接、四散瓔珞。

如果穆特奈比[2]和法里德[3]預料到他們所寫的那些詩歌竟成了深邃思想的泉源，成為當下一些人情感的引領，他們肯定會將墨水扔進遺忘的深坑，用忽略之手折斷手中的筆桿。

如果荷馬、維吉爾、麥阿拉的盲人[4]、彌爾頓得知那等同於神化身的詩歌，將落住於富人的宮殿，他們的靈魂一定會遠離我們的大地，躲藏在別的行星背面。

我並不屬於那種頑固不化的人，然而我最不希望看到的是靈魂的語言在蠢者口中流傳，神界多福河的水在滿口胡話者的筆端流淌。並不是我一人對此有所不滿。相反，在你看來，很多人都在看著青蛙如何自吹自擂，將自己比喻成水牛，而我只不過是他們當中的一員。

各位呀，詩就是神聖的靈魂，它不僅體現喚醒心靈的微笑，也代表含淚的歎息。詩是幻覺，它寄居於靈魂，孕育於心扉，滋潤於情感。詩若不是這樣，它就和假基督[5]別無二致，必將遭人唾棄。

詩神呀，啊，埃拉托[6]，求你寬恕那些亂發誓言者的過錯，他們絮絮叨叨著與你接近，卻不以自己心靈的尊嚴和思維的想像膜拜你。

詩人的靈魂呀，你正在永恆世界的最高處望著我們，我們不能抵達你用思想珠璣、心靈寶石點綴的祭壇，也無法對此加以辯解，只因為我們這個時代充斥著鐵器的嘈雜和工廠的喧囂。於是，我們的詩歌是那樣的沉重，猶如火車般龐大；那般擾人，如同蒸汽機的嘯鳴。

你們，真正的詩人呀，請容忍我們吧，我們屬於新的世界，急奔著，一心追求物質生活，詩歌在我們這裡已經變成了人手傳遞的物質，而非心靈領悟的所在。

1 赫利勒·本·艾哈邁德（卒於約公元七八六年）：阿拉伯著名語言學家，是他總結並制定了阿拉伯傳統詩歌的格律。
2 穆特奈比（九一五—九六五）：阿拉伯阿拔斯王朝時期最著名的詩人之一。
3 應為伊本·法里德（一一八一—一二三四）：伊斯蘭教蘇菲派著名詩人之一。
4 麥阿拉的盲人：即阿拉伯阿拔斯王朝時期著名盲詩人麥阿里（九七三—一〇五七）。
5 假基督：見《聖經·馬太福音》第二十四章第二十四節。
6 埃拉托：此處原文有誤，根據前一個詞譯出。

日光之下

我見日光之下所作的一切事，都是虛空，都是捕風。

——《聖經・傳道書》第一章第十四節

遨遊於靈魂世界蒼穹的所羅門的靈魂呀，脫去了我們如今仍穿在身上的物質外衣的人啊，是你在身後留下了這發自懦弱和絕望的話語，於是在更多的軀體中也滋生出了懦弱和絕望。

現在你知道，這生命有著連死亡都無法將它抹去的意義。然而，人類與這樣的理解還差很遠，因為人只有當其靈魂擺脫了來自塵土的羈絆，才會有所省悟。

現在你明白，生命並非如同捕風，日光之下也並非全是虛空，相反，所有的一切都將不斷地朝向真理行走。然而，我們這些可憐人卻對你的所言堅信不疑，且深深地加以思考。我們始終認為你的話語就是閃光的至理，而你也知道，它實在是猶如無視理智、遮蔽希望的昏暗。

現在你明白，即便愚蠢、邪惡、不公，亦有堂皇的理由，而我們只因睿智的表象，只因美德的結果、公正的果實才看到了美。

你明白，悲傷和貧窮可以淨化人心，在我們有限的智力所能視見的一切中，唯有寬裕和歡樂屬於自由存在。

現在你明白，心靈一直在勇克人生中遇到的種種障礙，朝向陽光。

你說過，人只是未知力量手中的玩偶，我們一直重複著你的這一話語。

你後悔不該傳播那種精神，它弱化了對當今生活的愛、扼殺了對來世生活的嚮往，而我們依然牢記你的話語。

靜眠於永恆世界的所羅門的靈魂啊，告誡那些喜愛哲理的人，不要踏上失望和不信之道，這樣可以為無意中犯下的錯誤贖罪。

展望未來

在當代高牆的背後，我聽到了人道主義的讚歌，我還聽到了那振動了以太分子的鐘聲，它宣告著美神殿宇的祈禱已經開始。由情感力量鑄成的大鐘，你將它置於屬於它的聖殿——人心之上。

在未來的背後，我看到世人聚集在一起，跪在大自然的胸上，朝向東方，期待著晨光——真理的晨光。

我看到那城市已經凋敝，留下的只是一片廢墟，它告訴我們，在陽光面前黑暗已經不再。

我看到那些老人坐在白楊和柳樹的濃蔭下，孩子圍坐在他們身旁，聽他們講述當天的逸聞。

我看到年輕人彈著吉他、吹著蘆笛，女孩披著秀髮，圍著他們在素馨和茉莉的花枝下起舞。

我看到壯年男子在收割莊稼，婦女背著柴草，哼著歡快的小調。

我看到一個女子用百合花做成的花環代替破衣爛衫穿在身上，用鮮綠樹葉編成帶子繫在腰間。

我看到了人和萬物之間親密無間的和諧，鳥兒和蝴蝶可以與人近距離平安相處，羚羊可以自在地在小溪邊低頭飲水。

我仔細觀望，卻不再看到貧窮，也沒有看到超出必需的多餘，放眼所見盡是友善和平等；沒有見到一位醫生，因為對知識的掌握和經驗的累積，每個人都成了自己的醫生；也看不到一個祭師，因為良心已成為最偉大的祭師；看不到一個律師，因為大自然如同法院，見證著友愛與和睦的種種條約。

我看到了人類已經明白，人就是萬物的基石，他已蟬蛻於渺小，超脫於卑賤，為心靈的慧眼揭去了曖昧的絹紗，使它讀懂烏雲書寫在天穹上的字跡，識別微風留在水面上的漣漪，理會花兒呼吸的真諦，知曉知更鳥和夜鶯的鳴唱。

在當代高牆的背後、在未來時代人的舞臺上，我看到美成了新郎，心靈是他的新娘，整個生命猶如蓋德爾之夜。

幻想女王[1]

我已走得很累，最後終於抵達了臺德木爾[2]遺址，頃刻間，我便置身於圓形石柱之間的綠蔭中，是歲月將這些圓柱拔起，又將它推倒在地，如今它看起來就像是一場大戰留下的殘肢斷臂。我不禁陷入沉思，往昔的恢宏偉大，而今卻淪為一片廢墟。相反，多少渺小與低賤卻依然留存。

夜色降臨，形式各異的萬物全都披上了靜謐的外衣。我彷佛感到，圈圍著我的以太宛如流動的液體，其味遠勝香料，其醇堪比佳釀，於是，我不由地猛吸一口，頓時感到很多輕柔的手伸向了我的大腦，馴養起我的軀體，為我的心靈解開羈絆它的鎖鏈。瞬間，大地似在延長，天穹似在顫抖，我卻被一股神奇的力量拋向上方。接著，我便發現自己竟落在了一座花園裡。這花園遠遠超出了人的想像。花園裡有一群只以美為穿戴的少女在我身邊踱步，她們步履輕盈，彷佛腳根本就沒有觸碰到茵茵綠草。少女口中吟唱著用愛的美夢織就的讚歌，手上彈著用象牙製成、以金絲為弦的吉他。我來到一片空曠的地方，在空地的中央，安放著一把鑲嵌著寶石的王座，從四周的舞臺上射出猶如彩虹般的光輝。我到達那裡時，那群少女正站在王座的左右兩側，用比先前更響亮的聲音唱起了讚歌。過了一會兒，她們一起向散發出沒藥、乳香芬芳的方向望去，只見女王出現在綴滿鮮花的樹叢中，她緩步朝王座走去，然後端坐其上，就在這時，一群鴿子宛如雪白晶瑩的雪花紛紛落在她的腳邊，彎彎的如同一輪新月。

少女簇擁著女王，為她的榮耀大唱頌歌，香煙嫋嫋，緩緩升騰如同參天石柱，以表示對女王的敬仰。我佇立在那兒，望著人眼從未見過的景象，聆聽著人耳從未聞見的聲響。

此時，女王用手指了指，頃刻間一切都停了下來。女王欲開口說話，她的聲音令我的心靈震顫，猶如樂手彈撥烏德[3]琴弦；這聲音打動了魔幻周遭的一切，彷彿所有的器物都長著耳朵，擁有心扉。女王說道：「人啊，我是幻想舞臺的主人，我向你們發出邀請，我是夢幻森林的女王，是我引導你來到我的面前。你要聆聽我的囑咐，並向世人傳播。幻想之城就是

1 此篇散文題目的阿拉伯語原文是〈美神女王〉，但根據正文內容應為〈幻想女王〉，阿拉伯語「美」與「幻想」兩詞在外形上比較相似，題目很可能是排字失誤。

2 臺德木爾：敘利亞境內著名的名勝古蹟。

3 烏德：阿拉伯傳統樂器。

婚禮場，有魁偉巨人把守大門，只有身著結婚禮服的人才能入內；你要對他們說，幻想之城就是天堂，有愛神守衛，只有前額刻有愛之印記的人才被允許朝裡觀望，幻想之城就是想像中的原野；在這裡，河水恰如美酒，鳥兒像天使般自由飛翔；在這裡，百花馨香四溢；在這裡，只有夢之子才配踏足。

「你要告訴人類，我曾經賜予他們滿溢歡快的美酒，然而，因為無知，他們竟把它全部潑灑，於是，黑暗之神又將悲傷灌滿了那盞酒杯，你們卻將它一口飲盡，並醉迷。你要對著那些擅長於在生命吉他上奏樂的人說，而不是對只知道用手指觸碰我的綬帶、用眼緊盯著我的寶座的人說，以賽亞用我的愛為線將哲理串接成項鍊；約翰[4]用我的舌布道；但丁只有在我的引領下才能進入靈魂的牧場。我是擁抱真實的隱喻，我是表明靈魂孤獨的真實，我是神功績的明證。你要說，思想有其自己的領地，它遠比可視世界來得崇高，歡樂的烏雲也不能玷汙它的天空；想像有其自己的圖景，它存在於神的天界，折射在心靈的明鏡，以便在心靈超然於塵世後，其希望得到弘揚。」

幻想女王用她極具魔力的眼神將我吸引到她身邊，她吻著我發燙的雙唇，說道：「你要對他們說，不在夢幻舞臺上度日的人，只能成為歲月的奴隸。」

此時，少女的歌聲飛揚，煙柱騰升，遮住了目光。大地似在延長，天穹似在顫抖。接著，我便發現自己仍身處一片令人悲歎的廢墟中。黎明已在微笑，我的唇齒間還在喃喃而語：

「不在夢幻舞臺上度日的人，只能成為歲月的奴隸。」

4　約翰：猶太教的先知、傳道者。

致責備我的人

責備我的人啊，你就讓我單獨待會兒吧。

是愛讓你的靈魂擁抱情侶的美；是愛使你的心牽掛著母親的仁慈；是愛讓你貪戀著孩子的情，我請求你就以這愛發誓：別管我，讓我就這樣待著。

別再管我，讓我和我的夢在一起。忍著點，別管我，直到明天。明天將主宰我的一切。

你向我提出忠告，而忠告卻是幻影，它會使心靈徬徨，引領它走向生命如同塵土般呆板的地方。

我有一顆小小的心臟，我欲讓它走出胸腔的黑暗，將它背負肩上，丈量它的深邃，探究它的奧祕。責備我的人啊，你就別再用你的信念之箭去偵候它，使它因害怕而躲進胸腔，乃至不能將內裡的熱血向外傾注，也不能履踐神在用美和愛造心時賦予它的義務。

這兒，太陽已經升起，夜鶯啁啾，桃金娘和紫羅蘭芳香四溢，我想告別瞌睡的軟榻，與潔白的羊群一起前行；責備我的人啊，不要再斥責我，更不要用森林的獅子和山谷的蝮蛇嚇唬我，因為我的心靈不知憂慮，在災難降臨之前也不會發出警告。

責備我的人啊，你就放了我吧，也不要再對我說教布道了，災難已經打開了我的視野，淚水讓我變得眼明，悲傷教會了我心的語言。

別再提那些禁令了，於我良心深處自有法庭，它會對我做出公正的判決，如果我是清白的，它便會使我免遭懲罰，如果我真有罪過，它也不會讓我有好報。

瞧，愛的隊伍已經啟程，美高舉愛的旗幟也已起步，青春吹響了歡快的喇叭。責備我的人啊，你不要再阻攔我，讓我走吧，那路上已經鋪滿了玫瑰和鬱鬱香草，空中彌漫著麝香的芬芳。

別再跟我談利論功，我的心靈不需要這些，它牽掛的是神的榮耀。

別再跟我談政治，也別再跟我提什麼權力，因為整個大地就是我的祖國，所有人都是我的同胞。

私語

我的美人兒呀，你在哪裡？是在那小花園中為花兒澆水？那花對你的依戀，宛如嬰兒對母親乳房的依戀；或是在你的閨房，在那兒你為貞潔建起了一座祭壇，我為它獻上了我的靈魂、我的肉身；抑或你正埋首書堆，你極富神的睿智，卻依然渴望從書中汲取人類的智慧。

你在哪裡呀，我靈魂的伴侶？是正在神殿為我祈禱，或在田野正與你所欽佩、你所夢幻的大自然私語？或者你正在可憐人的陋屋間穿行，用你靈魂的甘甜撫慰心已破碎的女人，用你的慷慨充盈她們的雙手？

你無處不在，因為你屬於上帝的靈魂；你無時不在，因為你比日月更強大。你是否還記得那些夜晚，我們相聚在一起，你靈魂的光耀像聖環一樣將我們圈圍，愛的天使在我們身旁為聖靈的功績頌唱；你是否還記得那些天，我們坐在樹蔭下，濃密的樹枝遮罩在我們頭上，彷彿要把我們與人類隔開，就像肋骨將心中神聖的祕密掩蔽；你是否還記得，我們曾經走過的小道和路經的山坡，那時你我十指相扣，猶如你的髮辮；我們的頭依偎在一起，像是各自在為對方提供保護；你是否還記得，我與你道別的那一刻，當時你緊緊地擁抱著我，然後又像聖母馬利亞那般親吻了我？這個吻使我知道，四唇相合蘊含著的就是言語難以表述的上蒼的奧祕；這個吻就是兩人歎息的序曲，它恰如上帝對著泥土吹出的讓泥土變成人的氣息。那歎息在我們之前就已經來到了靈魂的世界，宣告著我們兩個心靈的高貴，並且在那兒永駐，直到與我們再次相聚。

接著，你又不斷地吻我，還流著淚說：「軀體有著各種各樣不為人知的需求，為塵世事物而各奔所好，相互分離。然而，靈魂卻始終居於愛神的掌中，以求得保護，直至死神降臨帶著它回到上帝身邊。親愛的，去吧，生命已經選擇了你，你就依從它吧。生命是一位美女，她將為依順她的人斟上滿杯甘甜的多福河水。而我，於你的愛中，就是形影不離的新郎，於你的思念中，就是永遠不會散席的吉祥婚禮。」

我的伴侶，你在哪裡呀？在夜的寂靜中你還未睡？像一陣微風，我讓它為你帶去我心的悅動和深藏肺腑的私密。或者你正端詳著心上人的畫像？它已與真人相去甚遠，之前，因為和你在一起，他的前額曾經那樣舒展，透出歡欣，而如今，它已被刻上了悲傷的陰影；之前，因為你的秀美，他的眼瞼也曾光彩照人，而如今，悲痛的哭號已使它凋敝；之前，因為你的吻，他的雙唇曾經滋潤無比，而如今，思戀已使它變得乾枯。

親愛的，你在哪裡呀？你隔著大海是否可以聽到我的呼喚和我的哭聲，看見我的虛弱和我的卑微，知曉我的毅力和我的忍耐？抑或空中就不存在能為痛苦的臨終人傳遞訊息的靈魂？或者心靈之間就不存在隱匿的連線，為奄奄一息者傳送愛的訴求？

你在哪裡呀，我的生命？黑暗已將我擁抱，悲傷已將我壓倒。請你在空氣中綻露微笑，以便讓我奮起；請你在以太中呼吸，以便讓我再生。

親愛的，你在哪裡呀，你？啊，愛是那樣的偉大，而我又是何等的渺小！

罪犯

在路的中央，坐著一個青年。他原本身體強壯，而如今因為飢餓已日漸虛弱。他坐在街頭，向行人伸手乞討，向好心人求助，口中不停地重複著自己如何處境可憐，訴說飢餓的難忍。

夜幕降臨，雖已口乾舌燥，他卻依然兩手空空，飢腸轆轆。他站起身，接著來到了城外，坐在樹林中痛苦地哭了起來。然後，他用噙滿淚水的雙眼凝望著天空，強忍著飢餓，說道：「主啊，我去過富人家，想找一份工作，卻因為衣衫襤褸而被趕了出來；我也曾敲過學校的大門，卻因為我空著兩手而被拒之門外。我做什麼都可以，只要能換回當天的糊口之食，但實在是命運不佳，沒人願意理我。最後，我不得不沿街行乞。主啊，祢的信徒見我這模樣，卻說，這人身強體壯，對懶人不應予以施捨。主啊，我的母親以祢的意志生下了我，現在，因為祢的存在我才活著。我以祢的名義求助，他們為何拒絕我，甚至不願給我一塊麵包？」

就在這一刻，深陷絕望的大男人突然臉容驟變，他快速站起，兩眼放射出像流星般的光芒，隨手折斷一根粗大的乾樹枝，當作棍棒指向那城市，並怒吼道：「我曾想靠自己額頭的汗水活命，卻無法做到。現在我將憑我的臂力去求得生存；我曾以愛的名義求獲一塊麵包，卻沒人理我，現在我將以邪惡之名將其強奪，且不止一塊。」

幾年過去了，為了獲得錢財，青年竟殺人越貨。當欲望達不到滿足時，他竟可摧毀靈魂的聖殿。就這樣，他的財富越積越多，他的凶殘也無人不知。他深受大盜的喜愛，良民百姓卻聞之膽戰。此後像眾多國王遴選代理人那樣，他被國王看中，成了掌管這座城市的代理人。

如此這般，人因為自己的吝嗇，讓一個窮人成了劊子手；人因為自己的冷酷，讓一個好人成了殺人犯。

女友

第一眼

它是區分人生的醉與醒的瞬間。它是照亮心扉的第一道光芒。它是人心吉他第一弦奏響的第一聲魔幻之音。它是短暫的一瞥，讓心靈重新聆聽昔日的故事，為心靈的眼再次回望黑夜的功業，為心靈的智慧展示情感在這世界上的功績，揭示來世永恆的奧祕。它是阿斯塔蒂[1]從空中拋下的果核，眼睛將其植入心田，情感促其萌芽，心靈讓其結出果實。來自女友的第一眼猶如蕩漾在月球表面的靈魂，因為它，天地誕生。來自終身伴侶的第一眼宛如上帝之言：「就這樣」。

1 阿斯塔蒂：古代閃族腓尼基人、黎巴嫩人崇拜的美和愛的女神，古希臘人稱其為阿芙蘿黛蒂，羅馬人稱其為維納斯。（原書注）

第一吻

神在杯盞中斟滿了多福河的愛之水，第一吻就是從那杯中啜飲的第一口。這第一吻終結了半信半疑，曾經的懷疑讓人揪心、使人惆悵，信任讓心明白、使人歡快；這第一吻就是精神生活詩篇的前奏，是極富內涵的人生小說的首章；這第一吻就是連接陌生過去和璀璨未來的紐帶；這第一吻它集情感的寧靜與歌聲於一體，它是四唇共同道出的話語，宣告心扉已經成為一尊王座，愛情是國王，忠誠是王冠；這第一吻就是溫柔的觸摸，猶如微風用細指輕撫玫瑰花蕾一般，還伴隨著醉人的長歎和輕輕的甜美呻吟；這第一吻就是神奇震顫的端起，它令相愛之人告別量化的世界而進入神啟和夢幻的天地；這第一吻就是秋牡丹和石榴花的相擁，兩種花卉氣息的融合必將滋生出第三種氣息。如果說第一眼是愛神拋向人心的第一顆果核的話，那麼第一吻就恰似生命之樹第一枝上開出的第一朵鮮花。

結婚

從此，愛開始撰寫人生的散文，愛開始將生命的意義寫成經文，讓白晝閱讀，供黑夜吟唱。從此，思戀掀開了遮掩著往日種種隱祕的幔簾，用點滴的樂趣織就只有當靈魂擁抱其主的時候才能得到的幸福。結婚就是兩個神格的結合，以求在大地上創造第三個神格。結婚就是用愛將兩個強者捆綁在一起，以便抵抗歲月征途上的種種不測。結婚就是黃色美酒與紅色佳釀的調和，它所產出的飲料呈橙色，猶如黎明的朝霞。結婚就是兩個不協調的靈魂朝向心靈合一的跨越。結婚就是一條長鏈上的一個金環，長鏈的始就是第一眼，它的尾是無窮無盡。結婚是純淨雨水從聖潔的天空向神聖大自然的傾注，以催生田野的吉祥偉力。倘若來自心愛人的第一眼如同愛拋向心田的果核，倘若來自心愛人的第一吻如同生命之樹上綻放的第一朵鮮花，那麼結婚就是那顆果核萌芽，並開出第一朵花結出的第一枚果實。

幸福之家

我的心在我的身體裡已經感到疲倦，於是它辭別了我，去了幸福之家。當它抵達那個被心靈神化了的殿宇時，不禁感到一陣恍惚，佇立在那兒，因為它並沒有看到它一直夢幻著的景象，也沒有看到力量，沒有看到金錢和權位。看到的只是一個年輕人——美，和它的伴侶——愛之女，以及它倆的孩子——智慧。

我的心對愛之女說：「我說愛呀，哪裡有滿足？我聽說，滿足正在和你們分享這裡的靜謐？」她答道：「滿足已經離開這裡，隱藏在城市裡，那裡貪婪和欲望無處不在，我們這裡不需要它。幸福不追求滿足，幸福是一種持續不斷的嚮往。而滿足只是一種慰藉，很快就會被遺忘。永恆的心理不會感到滿足，因為它追求的是完美，而完美是不可窮盡的。」

我的心又對美說：「我說美呀，請讓我看看女人的祕密，讓我看看吧，因為你才是知情者。」它答道：「人心啊，女人就是你呀，你怎麼樣，她也怎麼樣。女人就是我，我到哪裡，她也會到哪裡。女人就是未被愚昧者歪曲的宗教，女人就是未被烏雲遮蔽的圓月，女人就是未被腐朽氣息玷汙的細風。」

我的心走近愛與美的女兒——智慧，然後說：「請賜我智慧，讓我將它帶給人類。」她答道：「你要說，智慧就是幸福，它源於心靈的最聖處，而非源於心之外。」

昔日之城

在青春山的山腳下，生命讓我駐足，示意我向後看看。於是我發現在廣闊平原的中央坐落著一座形狀怪誕、景象奇異的城市，在那裡無盡的遐想澎湃，五彩的蒸汽被薄薄霧紗綴飾，幾乎將城市籠罩。

我說：「生命呀，這是在哪裡呀？」生命說：「這是昔日之城，你得仔細瞧瞧。」我凝眸遠望，便看到：行動學院如同巨人一般端坐在睡眠的翅膀下，言語寺院則在它的周圍時而絕望地呼喊，時而又將希望之歌吟唱；因篤信而建起的宗教殿堂，卻因懷疑而被摧毀；思想的宣禮塔高聳入雲，宛如乞討者向上伸出的雙手；興趣的街道彷彿河流在山間蜿蜒；珍藏祕密的倉庫，隱匿為它守衛大門，卻被以探尋為名的小偷竊取；勇敢打造了剛毅的高塔，畏懼將它推倒；夜晚綴飾的夢幻天堂，甦醒將它毀於一旦；卑微小人的陋室，入住其間的是軟弱；孤獨寺院裡佇立著的是忘我；理智照亮了知識俱樂部，愚昧讓黑暗將其籠罩；愛情的酒店，情侶在裡面酩酊大醉，私密的幽會將他們嘲笑。在人生的舞臺上，生命演繹著它自己的故事，接著死亡來臨，悲劇由此告終。

這就是昔日之城，它既遠又近，時隱時現。

生命走在我的前面，它說：「跟著我，我們已經站了好長時間了。」我說：「去哪裡，生命呀？」它說道：「我們去未來之城吧。」我說：「且慢，我走得有點累了，岩石劃破了我的腳，阡陌難行使我力竭。」它說：「走吧，停下就是怯懦，只知回望昔日之城就是無知。」

相遇

夜在天穹的衣衫上撒滿了像寶石般晶亮的星星，這時，在尼羅河河谷一位周身長滿了隱形翅膀的仙女婀娜升起，然後坐在雲端綴飾著銀色月光的寶座上，飄浮在地中海的上空。一群遨遊在空中的精靈從她面前飛過，大聲呼喊道：「聖哉，聖哉，聖哉！[1]埃及之女，其榮光遍布天下。」

圍繞杉樹林的水渠，在它最高處的出水口，一個年輕人的幻影被六翼天使高高托起，攀升至雲端，緊靠著仙女坐在同一個寶座上。精靈再次飛過仙女面前，呼喚道：「聖哉，聖哉，聖哉，黎巴嫩青年，其榮耀與世長存。」

當愛者牽手情人，凝視她的雙眼時，風和浪將他們的私語傳向各處：

「伊希斯[2]之女啊，你是如此光彩耀人，我是多麼愛你呀。」

「阿斯塔蒂之子啊，你是最俊美的青年，我太想你了呀。」

「我的愛猶如你處的金字塔，世代無法將它摧毀，我的愛人。」

「我的愛恰似你處的杉樹，沒有力量能將它壓垮。」

「從東西方各民族來的智者，或向你求取智慧，或欲探究你的密碼，親愛的。」

「從各王國來的權貴，醉迷於你的俊美，沉湎於你內蘊的魔力，親愛的。」

「你的手掌就是豐富寶藏的所在，它可裝滿無數的穀倉，親愛的。」

「你的雙臂就是甘泉之源，你的氣息就是沁人心脾的微風，親愛的。」

「尼羅河畔的宮殿和寺院彰顯著你的榮光，獅身人面像正講述著你的偉大，親愛的。」

「你胸前的杉樹就是門第高貴的象徵，你周圍的高塔表明你的威嚴和能量，親愛的。」

「啊，你的愛是那樣的甜美，期待你升騰的願望是何等的美妙，親愛的。」

「啊，作為朋友，你最慷慨；作為丈夫，你最忠誠。你的禮物是那樣的精美，你的饋贈是那樣的珍貴。你為我送來了那麼多年輕人，他們就是沉睡後的覺醒。你給我派來了騎士[3]，我民族的軟弱得以拯救；你贈予我文豪[4]，使我的民族得以振興；你還贈我俊英[5]，

1 作者借用《聖經．啟示錄》第四章第八節對六翼天使的描述：四活物各有六個翅膀，體內外都布滿了眼睛，他們晝夜不住地說：「聖哉，聖哉，聖哉！主上帝是昔在今在以後……永在的全能者。」基督教認為，六翼天使在天使中排位最高。

2 伊希斯：古埃及最著名的女神，被視為完美女性的典範。

3 騎士：特指黎巴嫩著名語言學家、社會改革的積極宣導者法里斯．西德亞格（一八〇四—一八八七），法里斯其意即「騎士」。

他使我的民族徹底省悟。」

「我給你送去了種子，你使它開出了鮮花；我給你送去了樹枝，你使它成長為大樹。你是一片處女地，使玫瑰和百合花得以滋潤，使翠柏和杉樹茁壯成長。」

「親愛的，在你眼裡我看到了悲傷，難道在我身邊你還會感到黯然？」

「我有幾個兒女，他們都去了海外，留下的我只能以淚洗面，與思念同眠。」

「但願我也有和你一樣的悲傷，讓恐懼不再纏身，親愛的。」

「尼羅河之女呀，你是眾多民族中的強者，難道你也在擔驚受怕？」

「我怕暴君用花言巧語接近我，用暴力將我控制。」

「民族的生命如同人的生命，親愛的，它伴著希望，恐懼也常在身邊；被理想圈圍，卻也時常面臨沮喪。」

兩個相愛的人擁抱在一起，從親吻的杯盞中暢飲玉液瓊漿。一群精靈飛過，吟頌道：

「聖哉，聖哉，聖哉！愛情的榮耀遍布大地，撒滿蒼穹。」

4 文豪：特指敘利亞著名報人艾迪布·伊斯哈格（一八五七—一八八五），曾在埃及創辦《埃及》報，移居巴黎後在巴黎創辦阿拉伯語報紙《開羅的埃及》。艾迪布其意即「文學家」、「文豪」。

5 俊英：特指黎巴嫩著名文化人納吉布·蘇萊曼·哈達德（一八六七—一八九九），曾與其兄一起在埃及亞歷山大創辦《阿拉伯之舌》報，主張社會改革。納吉布意為「卓越的」、「優秀的」。

胸臆

夜色中聳立著的那座豪華宮殿，猶如被裹挾在死亡幕簾中掙扎著的生命。就在這座宮殿裡，一個年輕女人坐在一張象牙製的桌子旁。她用手托著嬌美的臉，那模樣就像凋謝的百合花依偎在綠葉上。她用囚徒般絕望的目光打量著四周，像是要用自己的雙眼穿透牢房的高牆，一睹自由行列中行走的生命。

時光像黑暗幽靈悄然流逝。女人伴著孤獨和惆悵，不禁淚水潸然，心中情感終於洶湧，激情令她無法再緊鎖胸中祕密。於是她拿起筆，那飽含淚水的墨跡撒在一頁頁紙上，將衷腸傾吐於話語之間。她寫道：

「親愛的姊姊：

「當心被祕密填滿，當眼瞼被熱淚灼傷，當胸肋幾乎被胸臆刺破時，人也就不得不開口說話，傾訴苦衷了。朋友呀，悲者總以訴盡心曲為快，愛者總以為情人頌讚而欣慰，抱屈銜冤者視同情為悅心……我現在給你寫信，因為我已變得像詩人，每當看到美，就會在美的神格授意下，不知不覺地將美的跡象化為詩篇。抑或我還像窮人家挨餓的孩子，他無法忍受飢餓的煎熬而伸手求助，全然不體恤母親的無奈和心碎。

「姊姊呀，聽聽我憂傷的故事，為我哭泣吧。因為哭就是祈禱，同情的淚水就似行善，行善不會徒然，因為那故事源於一位詩人鮮活靈魂的最深處……與世上所有富人和豪門大戶的家長一樣，他們生怕貧窮，想到的只是如何富上加富，追求的只是如何尊上添貴，以使其永遠不受歲月的凌辱。就這樣，由家父做主，我嫁給了一個豪門世家的少爺。我向來蔑視榮華富貴，可是現在，我和我的情感、我的夢幻均成了金錢和世襲榮貴祭壇上的供品。我成了物質魔爪中的獵物，而物質一旦未能效力和依附於精神，便比死亡更加殘酷，比下地獄更加苦痛。

「我敬重我的丈夫，因為他品德高尚，心地善良，為了我的幸福，他勞心勞力；為了讓我開心，他不惜錢財。然而，在我看來，所有這一切都抵不上哪怕只有一分鐘的真愛，真愛才是絕頂偉大，它一覽眾小，永遠存在。朋友，你別見笑，現在的我，對女人的心需要什麼最有發言權，那是一顆激烈跳動著的心，它是一隻小鳥，翱翔在充滿愛的天宇；它是為靈魂斟滿世代美酒的杯盞；它是一本付梓的書，幸福與苦難、怡樂與痛苦、愉悅與悲傷就是它的章節，只有真正的伴侶才能讀懂，那就是自古以來乃至永遠專為女人而被創造的另一半。

「是啊，我現在比任何女人都更瞭解靈魂所需、心之所向，那是因為我發現丈夫的寶馬、豪車、萬貫錢財、豪貴門第都難抵那窮小了的回眸一瞥，他為了我才攜生命來此世界，而我也是為了他才來到這世上，他強忍災難的折磨和分離的屈辱，只因父親之願，他備受不公，如同無罪者被囚於黑暗的牢籠。

「朋友啊，你不必試圖安慰我，因為在我的不幸中我找到了慰藉，那就是我理解了愛的力量，我領悟了思戀和繾綣情意的高貴。現在我透過淚眼看到的是，死神每天都在向我逼近，欲將我引領至等待靈魂的地方，在那兒我將與靈魂會合，與其擁抱——長久而神聖的擁抱。

「請不要責備我，我已履踐了忠誠妻子的所有義務，靜靜地恪守人類的法則規矩。出於理智，我尊重我的丈夫，並以我的心和我的靈魂敬重他。然而，我卻不能給他我的全部，因為上帝已經將它賜予了我的意中人，而且還是在我認識他之前。可是我不知道究竟是出於何種道理，上蒼竟讓我與一個不屬於我的男人共度一生。於是，我只能忍氣吞聲地任憑天意打發時光，一旦永恆之門被打開，我必將與我那美麗的另一半合身，並像春天回望冬天那樣，回望往昔——而那過去了的往昔就是現在。我回想這一生，如同登臨山頂的人細想路經的坎坷。」

至此，女子停下筆，用雙手捂住臉，痛苦地哭了起來，彷彿她宏大的心靈不願將其最神聖的祕密付諸紙上。於是，它便被賜予了熱淚，淚水迅速蒸發，相融於幻覺中的以太，那是情侶氣息和鮮花馨香的家園。過了一會兒，她再次提筆，繼續寫道：

「朋友啊，你是否還記得那個年輕人，是否還記得他兩眼中閃爍著的光芒，是否記得印刻在他額上的悲傷？你是否還記得他那如同喪子母親含淚的微笑，是否記得他如同遠方山谷回聲般洪亮的聲音？你還記得他嗎，當他靜靜地久久端詳某物後，他會得出非同一般的判斷，然後低頭歎氣，生怕自己的話語會洩漏宏大心扉的祕密？你是否還記得他的夢、他的信仰？所有這些你都還記得嗎？常人眼裡的好青年，父親卻看不起他，只因為他超脫了塵世的物欲，就因為他比世襲祖輩的榮耀更加高尚。

「姊姊呀，你知道，我只是為了這世界上無足輕重的細微小事而殉難，我更是愚昧無知的犧牲品。請憐憫一下妹妹吧，在那恐怖之夜的靜寂中她徹夜難眠，向你掀開遮掩著胸臆的心靈幕簾，你一定會憐憫我的，因為愛也曾經造訪你的心田。」

直到清晨來臨，女子才站起身，上床睡覺。但願睡眠中的夢比醒時的夢更加溫馨，更加美妙……

盲目之力

春天來臨，小溪流水潺潺，那是大自然在開口說話，使人備感愉悅；花兒競相綻放，那是大自然在微笑，令人心曠神怡。突然，大自然發起了脾氣，竟把美麗的城市搗毀，致使人類忘記了它曾經的甜蜜話語和柔美微笑。那盲目之力令人恐懼，它在短時間內就將數代人建起的一切夷為平地；凶暴的死神用利爪緊緊扼住人類的頸脖，殘酷地將其捏得粉碎；熊熊烈火將無數財產和生命吞噬，漆黑之夜將生命之美隱匿在灰燼裡；狂烈的飀風從野外刮來，將弱小的生命殺害，將房舍毀壞，人類好不容易積攢的一切，瞬間被它席捲；強烈的地震本是由大地孕育，陣痛後生下的盡是廢墟與不幸。

面對發生的這一切，痛苦的心靈從遠處觀望著，陷入了沉思，深感悲痛。它在想，在失去理智的力量面前，人類的能力竟是那樣有限。它沉思著，並與那些逃生於大火、倖免於毀滅的受難人一同悲傷落淚。

它在想，在地下和天上還隱藏著多少人類的敵人？它沉思著，並與哭號的母親和飢餓的孩子一起哀傷哭泣；它在想，物質如此殘酷，竟可無視生命之珍貴。它沉思著，並與昨天安睡在自己家裡、今天卻只能與站在遠處觀望的人一起，抹淚痛苦地憑弔這座美麗的城市；它在想，希望怎麼就變成了失望，歡欣如何就成了悲傷，舒怡竟成了折磨？它沉思著，並與那些掙扎在失望、悲痛、磨難魔爪中的心一起同悲共泣。

就這樣，心靈在沉思和悲痛之間徬徨，時而懷疑與各種力量相互關聯的法則有失公正，時而又轉身對著寂靜耳語：「隱匿在萬物背後的是一種永恆的智慧，它透過我們眼裡的天災和劫難創造我們看不見的美好結果。烈火、地震、風暴源於大地，猶如憤怒、仇恨、邪惡源於人心一樣，它需要咆哮、需要吼叫，隨後走向平息。於它的咆哮、吼叫和平息之中，神創造了人類得用淚和血、用財產才可換取的有益知識。」

回憶讓我駐足，這個民族的災難讓灌入耳際的全是呻吟和哀哭。回憶讓昔日舞臺上曾經的教訓和災難在我眼前再次映現。於是，我看到了人類於各時期在大地的胸膛上建起的許多高塔、宮殿和寺院，大地卻又將其回收至它的心房；我還看到強者築起堅固的建築，雕塑家在岩石上留下各種不同的圖像，畫家用割刀或織錦將牆壁和大門裝飾一新，接著，我還看到大地粗野地張開大口將這些由能工巧匠、絕頂智慧造就的一切吞噬，殘忍毀壞所有的圖像，憤怒地抹去所有畫作和雕刻的線條，凶狠地埋葬高柱偉牆的威嚴，自以為它自己就是一位美女，無須人類為她製作任何飾品，並滿足於由金色沙漠和寶石般碎石綴飾的綠色原野錦衣。

就在這些令人恐懼的災難和巨大的禍殃之中，我發現了人類的神格，它如同巨人一般佇立在那裡，嘲笑著大地的無知、颶風的憤怒，好似一道光的巨柱聳立在巴比倫、尼尼微、臺德木爾、孟買和舊金山的廢墟之間，吟誦著永恆之歌：讓大地拿走屬於它的一切吧，我的所有沒有窮盡。

兩種死亡

在寂靜的夜晚，死亡從神那兒降落至沉睡的城市，落駐於城市中最高的宣禮塔上，他用晶亮的雙眼穿透屋宇的高牆，盯視著被夢幻的翅膀托起的靈魂和受困於睡眠的軀體。

當月亮在晨曦中隱去，一層薄薄的夢幻之紗將城市綴飾。死亡輕輕抬腳在屋宇之間游弋，最後來到一個豪門世家的宮殿，死亡入內，竟沒有遇到任何阻礙。死亡站在富翁的床前，觸摸他的額頭，富翁受驚而醒，看到面前的死亡陰影，不禁失聲大喊，那喊聲中充滿了憤怒和恐懼：「可怕的夢魘，快離我遠點！走開，可惡的幻影！你這個小偷，你是怎麼進來的？你這個強盜，你到底要做什麼？快走開，我是這裡的主人，快走，不然我就讓奴僕和侍衛將你撕個粉碎！」

這時死亡越發靠近富翁，用雷鳴般的聲音說道：「我是死亡，你可得小心些，更要尊重我！」有權有勢的富翁回答道：「現在你要我做什麼？你還有什麼要求？我的事情還沒有做完，你怎麼就來了？你對像我這樣的強者到底有何需求？你還是去找那些弱者吧。離我遠點，別再讓我看見你的利爪和你那像蛇一樣披散著的頭髮，快滾！我已看夠了你的兩隻大翅膀和破爛的身體。」一陣令人揪心的靜寂，接著他又繼續道：「不，不，仁慈的死神呀，你別在意我剛才說的，實在是因為我害怕才說了這些不該說的。這是一米克雅勒[1]黃金，你拿去吧，或是你拿走一把家奴的靈魂，你就放了我吧……死神呀，我和生命還有一算，至今仍未了斷，眾人欠我的錢，我還在追討；我的船還在大海的波濤中行駛，至今還未靠岸，地裡的莊稼還未露芽。我這裡的東西，你隨便拿吧，只要放了我就行。我還養著幾個婢女，她們個個長得和晨曦一般漂亮，你只管挑、只管選。死神呀，你聽我說，我還有一個獨生子，我愛他至極，他是我的希望之所在，你也把他帶走吧，只要放了我，你可以拿走這裡的一切。」

這時，死神堵住了這個塵世奴僕的嘴，取走了他的真靈，將它交付於空氣。

死神又在懦弱窮人居住的地方穿行，最後來到一間破屋前面，他走進破屋，屋裡有一張床，床上躺著一個青春少年。死神站在床邊，細細打量著少年安詳的臉，觸摸他的雙眼，少年醒了過來。當他看到站在面前的死神，急忙跪下雙膝，並高舉雙臂，用發自肺腑的充滿了愛慕和思戀的聲音說道：「美麗的死神，我在這兒呢，我夢中的真、我希望的所在，請接納

1 米克雅勒：一種能容八加侖的量器。

我吧。你是最仁慈的，你千萬不能將我丟棄在這兒。你是神的使者，你是真理的右手，你千萬不能不管我呀。我找了你多少次，卻一直沒有見到你；我多少次地呼喚你，你卻一直沒有聽見。現在你聽到了，面對我的迷戀，請不要拒絕，親愛的死神呀，擁抱我吧！」

這時，死亡用他那纖柔的手指捂住青年的雙唇，取走了他的靈魂，將它置於自己的雙翼之下。

死神在空中盤旋，他望著這個世界，對著風吹去這些話語：「只有來自永恆的人才能回歸永恆。」

在歲月場上

貪婪強者躺在可憐弱者為其創造的榮耀上度過的一生，遠沒有在美的觀照和愛的夢幻中徜徉一分鐘來得高尚和珍貴。

就在那一分鐘，人的神格得以噴發，而在那一生中你雖然沉睡，卻被噩夢纏繞；就在那一分鐘，心靈擺脫了人類各種各樣凡俗法規的束縛，而在那一生中你卻帶著不義的鐐銬被囚禁在冷落的高牆背後；那一分鐘就是所羅門詩篇[1]、山的訓誡[2]、伊本·法里德長詩的搖籃。而那一生就是一股盲目的力量，它摧毀了巴勒貝克神廟[3]，蹂躪了臺德木爾的建築，糟蹋了巴比倫的高塔。

心靈為窮人的權利被剝奪而感到無比遺憾、為失去公正而深深歎息的那一天，遠比人類

1 詩篇：指基督教「舊約外傳」的一種，模仿《聖經·詩篇》的宗教詩集，共十八篇，約寫於公元前五〇年左右，據傳為所羅門所寫。
2 山的訓誡：據傳伊斯蘭教創始人穆罕默德曾在麥加希拉山的山洞裡得到天啟，此處「訓誡」意指《古蘭經》。
3 巴勒貝克神廟：黎巴嫩著名古蹟。

只為滿足私利而歡欣縱欲的一生來得更加高尚、更加美好。那一天，心得到了火的歷練而變得純潔，且充滿光明；那一生，是被黢黑籠罩的一生，終將被層層黃土所埋葬。那一天是受戒之日[4]，是骷髏地之日[5]，是遷徙之日[6]。那一生則是尼祿暴虐的一生，是可拉[7]獻身貪欲祭壇的一生，更是被唐璜埋葬於肉欲的一生。

這就是生命，在歲月場上，夜將它演成一幕悲劇，白晝則讓它成為一首歌曲，最終，永恆視它為一顆寶石，將它珍藏。

4 受戒之日：指摩西在西奈山的山頂上領受神諭，即十條誡命，也稱「摩西十誡」。
5 骷髏地之日：骷髏地即耶穌被釘上十字架的地方，骷髏地之日即耶穌受難日。
6 遷徙之日：指伊斯蘭教創始人穆罕默德於公元六二二年由麥加遷徙至麥迪那。
7 可拉：英國大詩人拜倫的代表長詩之一《唐璜》的主人公，又譯：葛論。

我的朋友

我的窮朋友呀，倘若你明白導致你不幸的貧困，它將使你認識什麼叫公正，並理解生命的意義，你一定會對這命中注定心滿意足。我說「認識公正」，那是因為富人為了他們的財富早已忘卻了公正；我說「理解生命的意義」，那是因為強者只顧自己的名聲，早已將其丟棄。你要為公正竊喜，因為你就是公正的代言人；你要為生命歡快，因為你就是生命的書寫人。你要感到欣喜，因為你就是助你者身上的美德之源，同時你又用你的手去成全他人的美德。

我悲傷的朋友呀，倘若你能理解壓倒了你的那些災禍，它就是照亮你心房、使你的心靈從蔑視提升至重視的力量，你一定會像對待遺產那樣去接受它，心平氣和地面對它帶來的影響。你也一定會明白生命就是一條鎖鏈，環環相扣，悲傷就是連接屈服於當今之遭遇與享受未來歡快的金環，就如同清晨介於睡眠和甦醒之間那般。

我的朋友呀，貧窮能夠彰顯心靈的高尚，富足則將暴露卑劣；悲傷可以柔化情感，歡樂或使情感受到損傷，因為人在揮霍錢財、追求歡快時從無節制，有如他們以聖書為名幹著聖書忌諱之勾當，以人道主義為名行反人道之事。

如果貧窮不再、悲傷遠去，心靈必將成為一張白紙，留在上面的只有可用來證明利己、貪婪的數字，和說明塵世欲望的詞彙。因為我在觀望中看到了神性，它就是人的精神自我，它不可以金錢等量交換，亦不會因當代青年的花天酒地而生長。我端詳良久便發現，富人將這一神性丟棄一邊，只顧斂財，當下的青年也遠離了神性，一意追求享樂。

窮人呀，你從田間回來時與你的妻兒相聚那一刻，才是人類未來家庭的縮影，是以後數代人的幸福雛形。富人圍繞其財富度過的一生是卑賤的一生，與墳墓中的蛆蟲別無二致，亦是恐懼的象徵。

悲傷的人呀，你灑落的淚水遠比虛假者的笑顏更加甜蜜，比嘲諷者的大笑更加美麗。那淚水能為心靈洗去憎恨的汙垢，教會落淚人為心碎者分擔憂愁。那就是基督的淚水。

窮人呀，由你播種卻讓富人收穫的力量，必將重新回歸於你，因為大自然的規律就是萬物都將歸源。悲傷的人呀，你所遭受的苦難，按天意終將蛻變成喜悅。

今後幾代，世人必將從貧困中體悟平等，從悲傷中領會大愛。

愛之言

孤零零的一間房子，裡面坐著一個健壯的年輕人，他不時透過窗戶張望著布滿星星的天空，不時又低下頭端詳著手中女孩的畫像。這畫像的線條和色彩都映現在了年輕人的臉上，它將這一世界的奧祕和永恆天國的未知揭露無遺。女孩的畫像在和年輕人私語，讓他的眼睛變成能領悟盤旋在這屋子空間中諸靈魂話語的耳朵，從而集聚起年輕人的一切，從中創造出被愛情照亮並充滿思戀的無數心房。

就這樣過去了一個小時，這一小時宛如愛戀之夢的一分鐘，這一小時猶如永恆生命中的一年。隨後，年輕人將女孩的畫像放在自己面前，拿起筆，鋪開紙，開始寫道：

「我心愛的人呀！

「超乎大自然的偉大真情是不能透過人類熟知的話語在人間相互傳播的，它選定靜謐為路徑溝通心靈。我感到這夜的靜寂正在我倆的心靈之間行走，傳遞這比微風寫在水面上的書信更加柔美的情書，這靜寂好似正對著兩顆心，將出自心扉的情書誦讀。然而，猶如神將心靈變成肉體的俘虜那樣，愛情總是讓我成為話語的俘虜。他們如此說，親愛的，愛之於它的崇拜者就是一團吞噬他的烈火。我發現分離的那一刻並沒有隔斷我倆精神的自我，就如你所知道的，第一次遇到你時，我的心靈好像早在很久以前就認識了你。看到你的第一眼，實際上也並非真的是第一眼。

「我心愛的人呀，使我們兩顆遠離了上蒼的心靈聚合一起的那一刻雖然短暫，卻使我更加相信心靈的永恆和不朽。正是在那一刻，大自然顯露出被有些人視為不公，而在它自己眼裡卻是極端公正的真相。

「我心愛的人呀，你是否還記得那座花園，我們倆站在那兒，相互凝視著心愛人的臉？你是否知道，你那時的目光在對我說，你對我的愛並非出自對我的同情？你的目光還教會我對自己、也對世人說：源於公正的賜予遠比施捨更加偉大，囿於環境的愛就如沼澤地中的濁水一般。

「我心愛的人呀，我希望我將度過的一生是偉大美好的一生，是值得讓後人記取的一生，是受人尊重和愛戴的一生。這始於與你相識那一刻的一生，我深信它是永恆的。因為我堅信，你一定能夠將神賜予我的力量化為你偉大的言行，就如同太陽滋生大地的鮮花，讓其溢滿芳香。我的愛，於我、於後人就是這樣，它是永恆的，因為它的大愛而使它變得純潔並超然於私利，因為它專屬於你而倍顯高尚。」

年輕人站起身，在房裡慢慢踱步，然後透過窗戶望著遠處剛剛躍出地平線的月亮。整個天空灑滿了溫柔的月光。他再次提筆，繼續寫道：

「親愛的，請原諒我，我是在用第二人稱和你蜜語，你就是我那美麗的另一半、是我們同時離開上帝時丟失的那一半。親愛的，請原諒我吧！」

不會言語的動物

在不會言語的動物的目光中有哲人能領會的語言。

——印度詩人

一天傍晚，幻想終於戰勝了我的理智，我來到郊外，在一座被遺棄了的房屋前面佇立。那房子已經破敗不堪，留下的殘垣斷壁向世人敘述著悲催的過往，告訴大家這裡已被人遺棄多年。此時，我看到一條狗趴在灰堆上，牠身體虛弱，身上長滿了膿瘡，病魔使牠變得瘦骨嶙峋。牠望著西下的太陽，眼神中透出無盡的卑屈，目光中溢滿了絕望和沮喪，彷彿牠已明白，這是一處被遺棄之地，這兒沒有孩童會捉弄弱小的動物，但是太陽也將很快從這兒收回它溫暖的氣息。牠不無傷感，目送著太陽隱去。

我慢慢走近那條狗，心盼著自己會講牠的語言，以便對牠所處的逆境和不幸送去我的安慰和表達我的同情。我靠近牠時，因為害怕，牠動了動殘存一息的身體，竭盡全力想支起因病癱瘓、且時刻被死亡盯視著的軀體。可是，牠卻無力站起，無奈地向我投來飽含求憫之痛苦和求情之溫柔的目光，那是懷柔和責備的目光。那目光足以取代言語，甚至比人類的語言更加明瞭，比女人的眼淚更加達意。

當我的目光與牠淒戾的目光相遇時，不禁惻隱湧動，感慨萬千，就好像那眼神已經化成人類可聽懂的話語，牠是在說：「我已受夠了這一切，受夠了人類對我的欺凌。你走吧，放了我吧，讓我靜靜地待會兒吧。我將從太陽的溫暖中再求得幾分鐘的生命延續，我已逃離了人類的霸凌和殘忍，棲居於比人心更加柔軟的灰堆，隱身於比人的靈魂更加溫馨的廢墟。你走吧，離我遠點，你屬於大地的子民，這大地沒有規矩，不講公正。我雖然是卑賤的動物，可是我一直在伺候人類、守護主人的家園，或伏候或機警地陪伴在他的左右，忠心耿耿，誠心誠意。我還曾分擔主人的憂愁，分享他的快樂；主人出遠門時我念著他，主人回來時我迎候他，我以他的殘羹果腹，啃食主人啃剩的骨頭。然而，等我老了，且病痛纏身時，他卻拋棄了我，將我趕出家門，讓我成為街頭惡童手中的玩物，淪為各種疾病的靶向、垃圾的驛站。

「人啊，我只是一隻懦弱的動物，卻發現你們同類中的許多人一旦成為老朽，喪失生活能力，境況不佳時和我也相差無幾。我如同士兵，年輕時為國參戰，壯年時為國效勞，一旦進入暮年，因為貢獻不再，便被人拋棄、被人忘卻；我像女人，花季少女時，濃妝豔抹取悅他人；為人妻時，為育兒養女通宵達旦，為把他們培養成才含辛茹苦。然而，一旦人老珠黃，則被人忘卻，甚至唾棄。啊，人呀，你是多麼不公，你又是多麼殘忍！」

那動物的眼神在言語，我的心能領會。我的心靈則在對那動物的同情和對我同類的想像之間游弋。狗閉上了雙眼，我不忍心再打攪牠，便悄悄離去。

和平

暴風吹斷了樹枝、席捲了大片作物之後終於停了下來。星星再次綻露，像是閃電在天穹上留下的殘屑。大地也恢復了平靜，好似什麼也沒有發生過一樣。

就在那一刻，一個年輕女人走進臥室，趴在床上痛哭了起來，悲歎聲一陣高過一陣，火熱的歎息化成這樣的話語：「主啊，快將他還給我吧，我的淚已經哭乾，我的心已經枯萎！主宰一切的聖靈，請放他回來吧，你的裁決高過人類的禁令。我已不堪忍受，受盡了折磨，你就讓他遠離戰爭的魔爪吧，從無情的死亡中拯救他的生命；你就同情一下這孱羸的年輕人吧，強者用暴力將他從我身邊奪走。愛神呀，你要去戰勝你的敵人——戰爭，你要把我愛的人拯救出來，因為他也是你的兒女；死神呀，請你遠離他吧，讓他看看我，或者你就把我送到他的身邊。」

就在那一刻，一個年輕人走了進來，頭上纏著白色的繃帶，上面留有戰神書寫的猩紅色字母。年輕人走近女子，用淚和笑向她致候。然後拉住她的手，將它放在自己炙熱的嘴唇上，用溢滿了愛之情和相遇之歡快的聲音說道：「你別驚慌，你為之哭泣的人已經來了，你快快高興呀，和平已經將被戰爭奪去的人送回到了你的身邊，將被野心家掠走的仁慈青年再次送還你手中。親愛的，別再流淚了，請展露笑顏吧，所有的民族都有自己的領導者，一旦當權者殘暴成性，領導者必將出來安撫民眾。不要因為我活著回來而感到驚奇，因為愛留下的印跡，死亡見到它便會自動離去，敵人見了也會退避三分。我就是愛神，你不要以為我只是來自死亡之地的幻影，專程來造訪你優美而寧靜的居所；你不要害怕，我就是真理，脫胎於刀叢烈焰，為的就是告訴世人，愛的語言可以戰勝戰爭；我就是和平人士道出的話語，它將成為你幸福故事的序言。」

說到這裡，年輕人突然語塞，潸然的淚水替代了言語。歡樂天使圍繞著這簡陋的小屋盤旋，兩顆心重又拾回了離別時失去的歡快。

凌晨，兩人來到田野中間，凝望著大自然的絢麗。一陣勝過無數甜美話語的靜寂之後，戰士望著東方盡頭，對他心愛的人說道：

「看哪，太陽已從黑暗中升起。」

詩人

他是連接當今世界和未來的一環；他是乾渴心靈飲就的甘泉；他是生長在美的岸邊的大樹，碩果累累供飢餓的心靈果腹；他是夜鶯，在話語的枝杈上翻飛、啁啾歡唱，那聲音溫柔典雅，讓人心曠神怡；他是伴著曙光的白雲，漸漸變大，不斷升騰，布滿整個天空，然後又化成雨水，滋潤綻放在生命田野中的鮮花；他是天使，神令他下凡，教會世人領悟神性；他是燦爛的燈光，黑暗無法戰勝它，風也無法將它掩藏，愛神阿斯塔蒂為它添油，音樂之神阿波羅將它點燃。

他孤獨一生，以淳樸為衣，以溫柔為食，端坐於大自然的懷抱，學習如何創造；他徹夜不眠，在夜的靜謐中期盼靈魂降臨；他是農夫，在情感的園林中播撒靈魂的種子，待開花結果後供人類享用，為人類提供營養。

這就是詩人，活著的時候，世人並不瞭解他，當他離開這一世界，升至他在天界的故鄉時，人家才理解他；這就是詩人，他只需要人類對他報以微微的一笑；他就是詩人，他的氣息在升騰，直至雲端，並在天穹撒滿生動而又美麗的幻影，別人卻不願給他一片麵包、為他提供一處棲身之地。

人類啊、這世界啊，要到何時你們才能建起一座榮譽的宮殿，讓用鮮血裝扮大地的人入住其間？那些出於好心賜予你們安寧與溫情的人，要到何時才不遭你們的冷眼相待？你們崇尚殺戮，你們膜拜奴役人的枷鎖，對那些將智慧目光投向黑夜的人，你們卻視而不見。而正是他們教會了你們如何欣賞白晝的瑰麗，為了讓你們不錯失幸福，他們卻在不幸的魔爪中度過一生。

你們、詩人呀、生命的生命呀，世代嚴酷，你們冷眼以對，並戰勝了它；儘管嚮往虛情假意，你們還是贏得了桂冠，更重要的是你們贏得了人心，你們在人心中的占位，不會終結，啊，諸位詩人。

我的生日

一九〇八年十二月六日於巴黎。

就是在這天，母親生下了我。

二十五年前的這天，靜寂將我降生在了這個充滿喧囂、傾軋、爭鬥的世界。

如今，我已圍繞太陽轉了二十五圈，卻無法知道月亮圍著我轉了多少圈，也依然不明白陽光的奧祕，也不知黑暗的內涵。我和地球、月亮、太陽、眾星座圍繞至高無上的主宰轉了二十五圈，但是，我的心靈如今依然低聲呼喚著那主宰的美名，宛如山洞裡響起大海波濤的回聲。山洞與大海同在，可是山洞無法知曉大海的深邃，即便它吟唱著潮汐之歌，卻不能理解其含義所在。

早在二十五年前，時光之手就將我書寫成一個字，寫在這本奇特而又巨大的世界之書上。瞧，我就是這個字，它含義不清、令人費解，有時它代表著空，有時它又指向多。

每年這一天，我的心裡總是塞滿了種種沉思、遐想和追憶，往日的一切像列隊一樣閃現在我面前，讓我再次目睹昔日夜晚的種種幽靈。隨後，追憶又像一陣風吹走了天邊烏雲般將其驅散。於是，它便消失在我房間的每個角落，有如溪流的歡歌消失在遠處的空谷。

每年這一天，為我的靈魂作畫的諸多靈魂從這世界的每個地方向我這裡集結，圍著我，唱起令人憶想過去的悲歌。不一會兒，這些靈魂慢慢離去，隱身於視線之外，就像一群鳥兒落在廢棄的打穀場上，沒有找到一顆穀粒，於是撲打了幾下翅膀後便向其他地方飛去。

每年這一天，在我眼前都會掠過那過往生活的點點滴滴，宛如一面小小的鏡子，我凝視良久，看到的只是那歲月酷似死人一樣的蒼白臉龐，還有那如同老人臉一樣的已經布滿皺紋的期盼、夢幻和願望。接著，我閉上眼，當我再次望著鏡子時，看到了自己的臉，我仔細端詳，看到的只是痛苦和惆悵。我試圖讓惆悵說話，但發現它是啞巴，不會言語。如果惆悵真會講話，它一定會比歡快更加甜美。

在過去的二十五年裡，我愛過很多。他人所憎常被我愛，他人所好常被我恨。我年輕時愛過的，直到現在依然愛著；我現在愛著的，一直會愛到生命的最後一刻。愛就是我獲得的所有，沒有誰能將它從我手中奪走。

多少次我對死亡表示愛意，還曾用許多甜蜜的名字呼喚它，悄悄地，或者公開地讚頌它。如果說我未曾丟開死亡，也沒有對它有過些許違約，那是因為我還愛著生命。在我眼裡死和生同樣美麗，都極富滋味，都能令我嚮往和思念，使我心起眷戀和憐憫。

我愛自由，當我看到世人面對暴虐和凌辱竟如此唯唯諾諾，我對自由的愛就更趨強烈；那由黑暗時代塑造完成的偶像，長期的愚昧使其成為膜拜的對象，膜拜者嘴唇的親吻已使它的表面變得光滑，當我越發瞭解世人竟如此屈從於這些偶像時，我對自由的愛更趨熱烈。然而，我像熱愛自由一樣，也愛著那些奴隸，我可憐他們，因為他們如同盲人，看不見自己正在親吻的竟是虎狼的血盆大口，也不理會自己正在吮吸的竟是毒蛇的毒液，更渾然不覺自己的雙手正在為自己掘墳挖墓。我愛自由勝過愛一切，因為我發現自由就像一個女孩，孤獨使她瘦弱，獨居使她憔悴，甚至像是透明的幽靈，遊走在千家萬戶，佇立於大街小巷，向路經的行人發出呼喚，卻無人聽見，也無人回頭看她一眼。

在二十五年裡，我像所有人一樣熱愛幸福，每天醒來時，和他人一起尋求幸福。然而，在他們的路上，我始終未見幸福，甚至在他們宮殿周圍的沙土上，也未見幸福留下的腳印，更沒有聽見從他們寺院的窗戶中傳出幸福的聲音。當我獨自一人尋求幸福時，聽到了我的心靈和我的耳朵私語：「幸福是一個女孩，降生於心的最深處，並在那裡成長，你不可能從它的周圍抵達它。」當我打開心扉，想看看幸福時，竟發現那裡有一面幸福的鏡子、一張幸福的床、一些幸福的衣裝，卻不見幸福女孩本人。

我愛世人──而且很愛他們，在我看來，人分三類，第一類人愛罵人生，第二類人善讚人生，第三類人深思人生。愛罵人生者，因其不幸，我愛之；善讚人生者，因其寬宏，我愛之；深思人生者，因其博聞，我愛之。

就這樣二十五年過去了，我的日日夜夜也如此這般從我的生命中匆匆跌落，且接踵而逝，宛如直面秋風的樹葉紛紛墜落大地。

今天，我如同在羊腸小徑上走完了一半路程的行人，疲憊地停下腳步，回憶著往事。我環顧四周，卻不見昔日生命留下的任何印跡，能讓我指著它對著陽光說「這就是我的」。同樣我也沒有發現我的人生四季有什麼收穫，除了染滿黑色墨跡的一堆書稿和塗滿各種不同卻相互和諧的線條及顏色的怪誕圖畫。然而在這些散落的書稿和凌亂的圖畫中卻掩埋著我的情感、我的思想和夢幻，就像農夫將種子埋入泥土。但是，農夫撒完種子晚上回到家裡時，總是懷抱著希望，期盼著收穫季節到來。而我，雖然撒下的是心的種子，卻沒有希望、沒有期盼，也無等待。

如今我已到了人生的這個階段，透過歎息和悲傷的霧霾，往日的一切都展現在眼前；透過昔日的面紗，讓我看到了未來；透過我窗的水晶玻璃，我看到了這一世界，看到了每一張臉，聽到了世人響徹雲霄的聲音，感覺到了他們在各屋宇間走動的腳步聲，觸摸到了他們的靈魂、他們的嗜好，和他們心臟的搏動。我還看到了孩子在那裡玩耍，嬉笑著相互間往臉上撲撒沙土。我看到年輕人昂首向前，步伐堅定，彷彿他們正在誦讀寫在綴飾著陽光金邊雲朵上的青春詩篇。我看到了女孩搖曳著像柳枝般的身段，綻露著像鮮花般的微笑，她們正透過因愛慕和期待而顫抖的眼瞼凝望著青年男子；我看到了年邁的老人躬著腰，手持拐杖，低頭緊盯著地面慢慢行走，就像在尋找失落在沙土中的鑽石。

我倚窗而立，凝眸注視著這些景象，以及大街小巷上或動或靜的各種幻影。隨後，我又朝城外望去，郊外的美盡收眼底：令人敬畏的美，會言語的靜謐，高高隆起的山岡，幽深的山谷，參天大樹，綠草成茵，鮮花馥郁，河水淙淙，鳥兒歡唱。過了一會兒，我又透過郊外向更遠處眺望，我看到了大海，以及深藏在大海最深處的奇珍異寶和無數奧祕，看到了它泛沫的波浪，它時而憤怒急速，時而溫和平緩，它化成蒸汽向上升騰，或彌漫於空中，或化作雨水灑落。接著，我又朝大海的後面望去，於是，我看到了無垠的宇宙，以及無數遨遊其間的世界：閃耀的星星、好幾個太陽、好幾個月亮、很多的行星和恆星，它們既相互吸引又相互排斥，既和睦相處，也相互爭鬥，無論是自然形成的爭鬥或是起因於其他，它們都遵循著一條無法窮盡的法則，服從於以無始為始、以無終為終的規律。

我倚窗透過水晶玻璃望著這一切，並陷入沉思，於是不僅忘記了二十五年，還忘記了在這之前的歲月和未來的若干世紀。我的存在、我的周遭無論是公開的還是隱匿的，在我看來就如同一個顫抖的孩童在永恆空間歎息時噴出的一顆微粒，那空間高不可測，無盡且又深邃。然而我卻感覺到了這微粒的存在，那就是心靈，那就是本體，我稱其為「我」。我感覺到了它的躁動，也聽到了它的叫嚷，它正展開雙翅飛向高空，將手伸向四方，在表示自己存在的這天蹣跚著、顫抖著用心靈深處最神聖的聲音大聲叫嚷道：

「你好呀，生命！你好呀，甦醒！你好呀，夢境！白晝呀，你好，是你用自己的光驅散了大地的黑暗；夜晚呀，你好，是你用自己的黑暗襯托了天穹的光亮；你好呀，一年的四季！春天呀，是你讓大地重拾青春；夏天呀，是你在傳播著太陽的榮耀；秋天呀，是你用碩果報答辛勞，以五穀回報勞動；冬天呀，是你用憤怒重鑄大自然的決心！你好呀，歲月，是你揭開了被時光遮掩的一切；你好呀，世代，是你將被歷代毀壞的一切重新修復；你好呀，光陰，是你引領我們走向完美；你好呀，戴著陽光面紗的靈魂，是你把控著人生的韁繩；你好呀，心，因為你被淚水淹沒，才無視這些問候！你好呀，嘴唇，因為你飽嘗了苦澀，才道出了這些問候！」

孩童耶穌和童愛

親愛的，昨天我在這世界上孤獨一人，那孤獨之殘酷猶如死亡，我獨自一人，如同高高山崖岩石縫中長出的一朵野花。生命似乎並沒有在意我的存在，同樣我也沒有感到生命的存在。今天，我的靈魂已經甦醒，她看到了你正站在她的旁邊，不禁感到一陣驚恐，轉眼她又興奮不已。接著，就像那位牧羊人看到荊棘叢在燃燒時那樣，跪拜在你面前。

親愛的，昨天的空氣曾經那樣粗劣，昨天的陽光曾經那樣微弱，霧靄遮蔽著整個大地，海浪的咆哮聲如同霹靂。我向四周望去，見到的只是站在我身邊的痛苦自我。黑暗的幻影忽高忽低像烏鴉翻飛在我的周圍。而今天，空氣不再凝重，陽光灑滿了大自然，海浪不再咆哮，烏雲也已消散。我無論怎麼看，總能見到你，看到生命的奧祕圍繞著你，就如同小鳥在平靜湖面上嬉戲時，湖水泛起的圈圈漣漪。

昨天，我是黑暗思緒中無聲的話語，今天卻變成了白晝唱出的一首歡快歌曲。這一切的變化僅在一分鐘內完成，而這一分鐘則包含了一瞥、一語、一歎和一吻。親愛的，那一分鐘將我心靈曾經的綢繆盤算和對未來的期盼嚮往連接在了一起，它像一朵脫胎於黢黑的大地之心、迎面陽光的白色玫瑰；那一分鐘就是我生命的全部，其地位如同跨越世代的耶穌之降生。因為它溢滿生氣和愛意，純潔無瑕，因為它讓我內心深處的黑暗化成光明，令悲哀變成欣喜，使痛苦成為幸福。

親愛的，愛的火焰由天而降，似海浪起伏，千姿百態，然而其對這一世界的作用和影響卻只有一個，小火炬可以照亮個體心扉，它如同降自上蒼的大火炬，可以照亮各民族的黑暗。因為個體心中的各種成分、愛好、情感與人類之博大胸懷中所擁有的各種成分、愛好、情感別無二致。

親愛的，猶太人一直期待著自開天時就被允諾的偉人出現，以便將他們從異族的奴役中拯救出來；希臘的偉大靈魂認為對羅馬神朱比特和密涅瓦的崇拜已經式微，眾神靈已經不能滿足精神生活的需要；羅馬人高尚的思想在沉思，於是，便發現阿波羅的神性已經遠離了情感，維納斯那永恆的美也日漸衰老，所有的民族都在不知不覺中感到心靈的飢餓，更需要一種超越物質的學說，迫切期待精神的自由，以使世人學會和自己的親人一起享受陽光和生命之美帶來的歡欣。這就是美好的自由，它讓人毫不畏懼地接近那一不可見的力量，而這一力量在此之前就已讓所有人相信它是為了他們的幸福而接近他們的。

親愛的，所有這些都是兩千年之前的事。那時，人類的情感還只會圍繞可視之物盤旋，懼怕接近絕對的永恆靈魂；那時，牧羊神潘恩讓牧羊人心生恐懼；那時，腓尼基人信仰的太陽神巴勒用祭師的手掌管著可憐人和弱者的心靈。

一夜之間，不，是一時間，不，是跨越時代、遠比世代更強大的一瞬間，絕對的靈魂張開嘴唇，道出了「生命的詞語」，這詞語生成於絕對靈魂，與眾星星的光亮和月亮的光輝一道下凡；它具象成形，變成一聖女懷抱中的嬰兒，那是在一處簡陋的地方，牧羊人正守護著他們自己的牲畜，以免遭受夜間出沒的野獸侵擾。那嬰兒就安睡在牛槽[1]的乾草上。那是坐在寶座上的天使，那寶座由戴著沉重枷鎖的心、渴望精神的靈魂和追求智慧的思想做成；那是裹著母親破舊衣衫的嬰兒，他儒雅地從朱比特手中奪取權杖，將它交給羊群之中緊靠在草堆上的可憐牧羊人。隨後，又溫柔地從密涅瓦那裡取來智慧，將它放在坐在湖邊小船上的貧窮漁夫的舌頭上。之後，他從阿波羅那裡用自己的悲痛換來了喜悅，將它饋贈給挨門乞討的心碎人。他以自己取之於維納斯的美鑄造美，並將這一美注入生怕遭受迫害的失足女的心裡。他讓巴勒神走下威嚴的寶座，卻讓田間揮汗播種的可憐農夫坐上了那個寶座。

1 牛槽：應為馬槽，紀伯倫在此處寫成了「牛槽」。

＊＊＊

親愛的，我以前的情感不也像以色列人一樣嗎？它不也在夜的靜寂中期待救世主將我從這日月的奴役和煩惱中拯救出來嗎？它不也像好多民族那般感到靈魂強烈的飢餓嗎？我不也像在廢棄之地迷路的孩子那樣行走在生活的道路上？我的靈魂不也像一顆被拋棄在岩石上的果核，既沒有鳥兒將它啄食，使其滅亡，也沒有其他因素令其發芽促它成長？

親愛的，這一切都已成為過去，那時，我的夢在黑暗中蠕動，生怕遇見陽光；那時，絕望和煩惱時常在我肋間折騰。

一夜時間，不，是一時間，不，是離開我生命歲月的一瞬間，它遠比我生命的歲月更加美好，那靈魂從至高光環的中心降臨，並透過你的雙眼望著我，用你的舌和我講話。從那一眼、那一語中噴湧的愛已經抵臨我的心田。這就是端坐在我心中畜槽上的大愛，這就是被情感襁褓裹著的美麗的愛。這依偎著心靈的可愛嬰兒將我內心的悲傷化為喜悅，將沮喪化為榮耀，將孤獨化為安逸；正是這位高坐在精神自我寶座上的天使，用他的聲音在我死去的歲月中重新注入生命；正是這位天使，用他的撫摸，使我因太多流淚而患眼疾的雙眼重見光明；

正是這位天使，用他的右手從絕望的大海中撈起了我的希望。

＊＊＊

親愛的，所有過去的時光曾經都是黑夜，然後又變成了黎明，它還將變成白晝，因為孩童耶穌的氣息已經穿透了宇宙時空的分分秒秒，融化於以太的各種介質；我曾經的生活全是痛苦，然後又變為歡欣，它還將變成歡快，因為那孩童的雙臂已經擁抱了我的心，緊摟著我的靈魂。

靈魂祕語

「親愛的，醒醒吧，你醒醒吧，我的靈魂正在浩瀚大海的背後呼喚著你，我的心靈正在怒吼巨浪的上空展開雙翅向你飛去。你快醒醒吧，自由已經沒有了聲息，靜寂淹沒了馬蹄的嘈雜和行人的腳步聲響，睡神擁抱著人類的靈魂，唯獨我依然醒著。每當睏倦襲來，我總會被思念纏身；每當深陷憂慮，愛情總是令我想起你。因為我生怕隱藏在被窩裡的忘卻幻影，我才遠離床榻；因為我的歎息已經抹去了書上的字跡，原來的書在我眼前竟成了張張白紙，於是我丟棄了書。親愛的，你醒醒吧，親愛的，你就聽我講講吧。」

「親愛的，我在這兒呢，我聽到了你來自大海背後的呼喚，也感覺到了你翅膀的撫摸。我已經醒了，已經離開了我的臥房，正行走在茵茵草地上，雙腳和衣角都已被夜的露水打溼！我現在正站在開滿花朵的巴丹杏樹下，聆聽著你心靈的呼喚，親愛的。」

「親愛的，你說吧！讓你的氣息隨著來自黎巴嫩山谷的空氣向著我流動。你說吧，除了我沒有其他人聽見，因為黑暗已將所有的生靈趕回了他們的巢穴，睏意也已使所有的城裡人醉迷，只有我還保持著清醒。」

＊＊＊

「天穹用月亮的光輝織就了一襲輕紗，將它覆蓋在黎巴嫩的軀體上，親愛的。」

「天穹用夜的黢黑，以工廠的濃煙、死亡的氣息作為填充，縫製了一件厚衣，並用它遮蓋在這城市的肋骨上，親愛的。」

「村民已經在他們築於核桃樹和柳樹之間的茅屋裡入眠，他們的心靈競相進入了夢境，親愛的。」

「金錢的重負已經壓彎了人類的脊梁，貪欲之路上的重重障礙已使他們的膝蓋發軟，疲憊使他們睜不開眼，他們只能倒臥床上，懼怕和絕望的陰翳令他們的心靈備受折磨，親愛的。」

＊＊＊

「祖先的幻影在山谷中游弋，帝王和眾先知的靈魂在山坡上盤旋，我的思緒不禁折向了回憶的舞臺，於是，迦勒底人的偉績、亞述人的豐功、阿拉伯人的高貴一一展現在了我的眼前。」

「竊賊黑色的幽靈曾在這些小巷遊蕩，欲望毒蛇從每一扇窗戶的縫隙中向外探頭窺視；病魔的呼吸與死神的喘息在大街的十字路口彌漫。記憶掀開了遺忘的幕簾，讓我看到了所多瑪的邪惡和蛾摩拉的罪行。」

＊＊＊

「親愛的，樹枝在搖曳，樹葉的沙沙聲與河谷小溪淙淙交織在一起；所羅門的雅歌、大衛的豎琴聲和穆綏里[1]的歌聲在我耳際縈繞。」

「這地方，孩子的心在顫抖，他們因飢餓而不安；躺在憂傷和失望床榻上的母親都在長歎；貧困的噩夢常使失業的男人心驚。我聽到了痛苦的哀號和時而傳來的悲歎，讓人心生悲憫和哀憐。」

「水仙花和百合花散發出陣陣馨香，素馨花的芬芳擁抱著接骨木花的香氣，又和杉樹的清香融匯在一起，伴著習習微風，掠過散見的廢墟與幽曲的長廊，讓人心溢滿柔情，嚮往飛翔。」

「這裡的街道巷弄可謂臭氣熏天，病菌在這裡滋生彌漫，像無數看不見的細微毒箭，刺激著人的感官，汙染著空氣。」

＊＊＊

「看吶，親愛的，清晨已經來臨，甦醒的纖指撥弄著沉睡者的眼瞼，山後紫光氤氳，夜幕散去，盡顯出生命的意志和光輝；靜靜依偎在山谷兩側的鄉村已經甦醒，教堂的鐘聲也已敲響，宣告晨禱開始，愜心的呼喚響徹宇宙；山洞裡傳出了鏗鏘的回聲，彷彿整個大自然都在施禮禱告。牛出了欄，山羊和綿羊也走出羊圈，朝田野方向跑去，在那裡吃著依然掛著晶

1　穆綏里：阿拉伯古代著名歌手、音樂家，全名易卜拉欣·穆綏里（七四二—八〇六）。

亮露水的嫩草；牧童吹著短笛，走在最前面。羊群後面，一群女孩和鳥兒一起歡迎清晨的到來。」

「親愛的，清晨已經到來，白晝沉重的手掌已經在成片的屋宇房舍上伸開，窗簾已被掀起，門戶已經大開，展現在眼前的是一張張布滿愁雲的臉龐和一雙雙溢滿怨憂的眼睛。可憐人紛紛走向工廠，死亡和生命一起全都寄宿在他們的軀體裡。他們黯然的神色顯露出的盡是無望和恐懼，彷彿他們正被迫走向死亡的戰場。看吶，現在的大街上全是被欲望驅趕著的匆匆行人；鐵器的敲打聲、機器的轟鳴聲、蒸汽機的嘯叫聲響徹雲霄，這城市儼然就是戰場，在那裡，弱肉強食，被詛咒的富人竟可獨占可憐窮人的勞動果實。」

＊＊＊

「親愛的，這裡的生活竟是這樣美好，它如同詩人之心，充滿陽光，滿是溫柔。親愛的，這裡的生活竟是如此殘酷，它如同罪犯之心，充滿罪惡，盡是恐怖。」

啊，風

你一會兒興高采烈地掠過，一會兒又歎息而哭號著撲面而來。我們能聽見你的聲音，卻看不到你的身影，能感覺到你的存在，卻無法目睹你。你就是愛的大海，浸潤著我們的靈魂，卻不會將它淹沒，撥弄著我們的心扉，而心扉卻依然保持著寧靜。

你隨山坡和山谷的高低或升騰或沉降，隨平地和草原不斷向遠處舒展。你升騰時意志堅強，你沉降時溫柔和藹，你舒展時婀娜敏捷。你就似一位仁慈的君王，面對孱弱無助者你平易近人，面對驕狂霸道者你威嚴傲然。

秋天，你在山谷哀號，樹兒也和你一起泣淚；冬天，你如雷咆哮，整個大自然也和你一起怒吼；春天，你彷彿疾病纏身，而正是因為你的體弱，田野才得以復甦；夏天，你隱身於靜謐的面紗後面，我們以為你已被太陽的利箭射中而死去，然後又用它的高溫為你裹上殮衣。

可是……秋天的你，是在哭號，還是面對被你剝去衣裝樹兒的害羞，你在嬉笑？冬天的你，是在發怒，還是圍繞夜色中覆蓋著白雪的墳墓舞蹈？春天的你，是真的患病，還是像因久別而憔悴的多情少女，歎息著走來，興奮地欲用自己的氣息吹拂四季青年——她戀人——的臉，將他從睡眠中喚醒？夏天的你，是真的死了，還是躲在果核裡、葡萄藤上、打穀場上打瞌睡？

你從城市的小巷帶來病魔的氣息，從山坡上帶來花兒的芬芳。寬宏的心就是這樣，靜靜地承受著人生的痛苦，同時也靜靜地迎面生活的歡欣。

你對玫瑰耳語了它能理解其內涵的奇怪祕密，於是它時而蹴蹴不安，時而又喜笑顏開。神就是這樣對待人類的靈魂。

你在這兒悠悠踱步，在那兒卻疾步快行，甚至加速奔跑。但是，你從未停歇。人的思想不也是這樣？動則活，靜則死。

你在湖面上書寫詩句，然後又將它抹去。琢磨不定的詩人就是這樣。

你從南方來，那灼熱，似愛情；你從北方來，那寒冷，像死亡；你從東方來，那溫情，猶如靈魂在輕輕的撫摸；你從西方來，那凜冽，酷似義憤填膺；你真的像世道那般變化無常，還是你如八方使者，給我們帶來各處的囑託？

你氣呼呼地從沙漠掠過，無情地將駝隊踐踏，然後又將它埋葬在沙被之下；要不，你就是那種無形的液體，隨著曙光在枝葉間如浪流動，像夢幻般徜徉於曲幽的谷地，鮮花因眷戀你而搖曳，茵茵綠草因你而迷醉舞蹈？

在大海上你勃然大怒，攪亂了它深處的平靜。大海憤憤然捲起泛沫的浪濤，宛如張開大嘴，一口將無數船隻和生靈吞食。要不，你，你就是那多情少年，輕輕撫弄著在房屋周邊奔跑玩耍女孩的髮辮？

你急匆匆的究竟要將我們的靈魂、我們的歎息和我們的生命帶向哪裡？你又要將我們綻笑的容顏送至何方？面對我們心靈迸發的火花，你又將何以應對？是攜它去向遠處的晚霞，抑或去向塵世之外，又或視它為獵物，拖至遙遠的岩窟和恐怖的洞穴，將它左右拋撒，直至銷聲匿跡？

在夜的靜謐中，心在向你吐露它的祕密；黎明來臨時，眼睛給你帶去眼瞼的跳動。你是否還記得那心的感受和那眼的目睹？

在你的雙翅下，存放著窮人心碎的呼喚、孤兒揪心的號啕和痛苦女人的哀歎；在你衣衫的褶襉中置放著異鄉客的思念、被遺棄者的悲歎和失足女的哭泣；你，要不就是這些卑微小人隱私的保護者，或者你就像這大地一樣，凡存放於他處的東西都將被變成大地的一部分？

你是否聽到了這些吶喊、這些哭號，還有那些嘈雜和哭聲？或許你就像那些豪強，任憑他人伸手乞討都從不回頭一看，任憑人對著他高聲大叫卻總是充耳不聞？
聽者的生命呀，你聽到了嗎？

情人歸來

剛入夜，敵人就被擊敗了，留在敵人脊背上的不是箭傷就是刀痕。勝利者擎著光榮的旗幟高唱勝利之歌，踏著馬蹄的節奏凱旋，那馬蹄聲就如同鐵錘擊打山谷碎石發出的聲響。

月亮已經爬上了米宰卜山[1]的山頂，他們俯瞰著戰場，只見巨大的岩石巍峨高聳，如同民眾之心昂揚向上；原野上的杉樹林宛如前人在黎巴嫩胸前戴上的一枚頌讚其門第高貴的勛章。

勝利者繼續前進，他們的武器在月光的照射下閃著光亮，遠處山洞的回聲重複著他們的歡呼。在阿克巴[2]前線，一匹戰馬猶如岩石鑄成一般，屹立在灰色的岩石中間，牠的那陣長嘶令他們駐足，大家走近那馬仔細觀察，只見一具屍體被扔在地上，泥土因血水被染成了紅色。這時，領隊的大聲嚷道：「快給我看看那把劍，我便可知道他是誰了。」幾個騎士下馬，

1 米宰卜山：黎巴嫩山脈中最高的山之一。
2 阿克巴：黎巴嫩東部的一個小鎮，在其周邊地區有數十處著名文化古蹟。

圍著屍體仔細辨認。很快一個騎士轉身用嘶啞的聲音說道：「他冰涼的手依然緊握著劍柄，硬從他手中取下劍，對他實在是一種侮辱。」

另一個騎士說：「那劍就好像插進了血製的劍鞘，連劍刃都無法見到了。」

又一騎士說：「血已經在手掌和劍柄上凝固，劍黏著腕，完全成了一體。」

領隊的翻身下馬，走近那死者，說道：「把他的頭撐起來，讓我們借助月光看清他的臉。」眾騎士迅速遵命照辦。透過那層死亡的薄紗，犧牲戰士的臉依然顯露出勇敢、無畏和剛毅。那是堅強騎士的臉，它無聲地道出了男子漢的英雄氣概；那是一張深表遺憾且又頗顯樂觀的臉，是蹙眉應對頑敵，笑顏迎面死亡的臉，是黎巴嫩英雄的臉。就在昨天他還親臨戰場，目睹勝利在即，而今天他卻未能和戰友一起共唱勝利之歌凱旋。

當戰士摘去他的頭巾，擦淨蠟黃臉上的塵土，首領大驚，痛苦至極地大聲叫了起來：「這不是伊本·薩阿比嗎？損失太大了呀！」眾人不禁發出陣陣歎惋並開始不停地呼喚死者的名字。隨後，又陷入沉默，原本沉浸在勝利之喜悅的心，因為這位死者而頓時清醒，終於認識到，英雄犧牲的損失其代價之重遠遠超出了勝利的榮光和驕傲。此場面之恐怖令他們駐足，令他們失語，他們就像一尊尊大理石塑成的雕像一樣呆立在原地。這就是死亡對英雄的心靈所能產生的所有影響。哭哭啼啼是女人的特權，號啕哀叫是孩童的行為，把玩刀劍的男人就應該保持彰顯威嚴和銳氣的沉默。這沉默緊扣著眾戰士的心，猶如雄鷹的利爪緊掐獵物的頸脖；這超越了淚水和號啕的沉默，使這災難倍顯慘重和殘酷；這沉默將偉大的心靈從高高的山頂墜降至大海的最深處；這沉默宣告風暴即將來臨，即便它尚未到來，這沉默的影響也遠勝風暴。

他們又脫下犧牲青年的衣服，以確認死神在哪裡下的毒手。只見他胸口上的幾處刀傷，就像一張張憤怒的嘴，在那寂靜的夜晚敘述著男子漢的堅強意志。首領慢慢走近那屍體，並跪下仔細察看，他這才發現，在烈士的手腕上纏著一塊用金絲織就而成的手絹。首領暗想片刻，終於認出了織就這絲綢的巧手和繡圖的纖指。首領用青年的衣服將他的手輕輕蓋上，然後用顫抖的手緊捂著自己的臉，起身往後退了幾步。首領的手曾經那般威武，斬下多少敵人的頭顱，現在卻變得如此孱弱，竟顫抖著擦抹淚水，那是因為它剛剛觸摸了那塊手絹，那是由心愛的纖指將它繫在即將奔赴戰場的青年手腕上，而這青年卻以其驍勇見證了慘烈的今天，倒在了沙場上。現在他只能由戰友抬著回到女孩身邊。首領的思緒依然在死神的暴虐和愛情的玄妙之間徘徊。站立在旁的一位戰士說道：「來吧，就讓我們在這冬青槲樹下給他挖

3 月光：此處阿拉伯語原文是「陽光」，但根據上下文內容應是「月光」，應是排版有誤。

個墓穴，這樣冬青槲樹葉就可從他的血中汲取營養，使樹葉茂盛長得強壯，並成為屹立在這塊舊地上永恆的象徵，象徵著那青年的勇敢和無畏。」

又有人說：「讓我們把他抬到杉樹林，緊鄰教堂落葬，這樣他的遺骨就可永遠受到十字架投影的庇護。」

還有人說：「這兒，就在這兒給他下葬，因為這兒的土壤已經浸透了他的鮮血。讓他的劍放在他的右手上，讓他的矛插在他的身旁，宰殺他的戰馬與他同葬，讓他的武器在這孤寂之地給他帶來一些慰安。」

也有人說：「我們不要下埋沾滿敵人鮮血的刀劍，也不要宰殺與死亡抗爭的戰馬，更不要將武器丟棄在這荒野，那武器早已習慣了手掌的晃動和手臂的意志，還是將它帶回，交給勇士的親屬，因為對於他們而言這才是最好的遺產。」

另一人又說：「讓我們一起在他周圍跪下，為他做一次基督的祈禱，祈求蒼天寬恕他，並為我們的勝利祈福。」

有人說：「讓我們用矛和盾做屍床，將他抬在肩上，高唱凱歌繞行這山谷，讓英雄看看敵人的斷臂殘骸，讓他的傷口在入土之前再次綻露微笑。」

有一人說：「讓我們將他扶上他的馬鞍，再用敵人的頭骨支撐住他的屍體，讓他身佩寶劍，使他像勝利者一樣活著凱旋，以表明他只有在給敵人重創之後才會受降於死神。」

另一人說：「我們就在這個山腳下安葬他，這樣，山洞的回聲將成為他的好友，小溪的潺潺流水聲將給他帶來溫馨，令其屍骨感到輕鬆，因為在這野外，夜的腳步總是那麼輕盈。」

也有人說：「我們不能在這兒與他道別，因為荒野太過寂寞，令人難熬，太過孤獨，使人倍感淒涼；我們還是將他安葬在村裡的墓地，讓他和我們的先人做伴，以便在夜的寂靜中為他講述祖先的戰鬥故事和他們的光榮事蹟。」

這時，首領來到眾騎士之中，示意他們別再吭聲。然後，歎著氣說道：「別再用對戰爭的回憶來打攪他了，不要讓盤旋在我們頭上的英雄靈魂再聽到刀劍的聲響。讓我們靜靜地將他帶回故鄉，那裡有一顆不眠之心正在期盼著他的歸來，那是一顆少女的心，她正翹首等待著他從刀劍中凱旋。我們將他送到少女身邊，讓她再看一眼他的英容，吻一吻他的前額。」

大家將他抬上肩，眾人全都低著頭，並垂目以示恭敬。他們不無悲傷地默默緩步前行，英雄的戰馬拖著轠繩緊隨其後，還不時發出長嘶；山洞則以回音相答，彷彿也長了肉心，與那馬一樣感到深深的悲痛。

那山谷的月光也似放慢了腳步，勝利的大軍緊跟在死亡列隊的後面，走在最前面的卻是那折斷了翅膀的愛情幻影。

死之美

獻給：M．E．H

讓我睡吧，我的心因為愛而迷醉；讓我長眠吧，我的靈魂已經飽嘗了日夜的辛酸苦辣。

請在我的床前點起蠟燭，燒起香，在我的身體上撒上玫瑰和水仙花的花瓣，在我的頭髮上塗上麝香粉粉末，在我的腳上灑上香水，然後再看看死神之手在我額頭上的書寫；請讓我深深地睡在疲憊的懷抱，因為一直醒著，我的眼瞼已經感到勞累不堪；請奏響你們的吉他，讓銀色琴弦的旋律在我耳際搖曳；請吹響你們的蘆笛，用優美的笛聲在我行將停止跳動的心臟周圍織起一層薄紗；請唱起輕悠的歌曲，用它魔幻的詞義為我的情感鋪就靈床。接著，你們再仔細端詳，看著我眼中的希望之光。

各位夥伴呀，請擦乾眼淚，抬起頭，就如同黎明來臨時花兒將花冠挺起那樣。瞧，那死神的新娘正像光柱一般聳立在我的靈床和蒼穹之間。請你們稍稍屏住呼吸，這樣你們就能和我一道聽見死神新娘潔白翅膀的沙沙聲響。快來吧，快來和我告別，我的同胞呀，請用你們含笑的嘴唇親吻我的前額，用你們的眼瞼親吻我的雙唇，用你們的雙唇親吻我的眼瞼；讓孩子來到我的靈床前，讓他們用玫瑰花瓣的纖指撫摸我的頸脖；讓老人來到我的靈床旁，用他們枯萎而僵硬的手觸摸我的前額以示祝福；讓這裡的女孩來到我的靈床旁，讓她們看看我眼中上帝的幻影，聽聽伴隨著我急促呼吸聲的永恆世界之歌的迴響。

永別——啊，我已抵臨了山頂，我的靈魂已經遨遊在自由無拘的蒼穹。各位同胞呀，我已經離得很遠，很遠，霧靄在我眼前遮蔽了所有的遺址和古蹟，山谷的一切全都淹沒在靜謐的大海之中，曲徑小道都已被遺忘之手抹盡，草原、森林、山路不時隱現在白、黃、紅相間的幻影中，那白色像春天的雲，那黃色如太陽的光，那紅色似天際的晚霞；大海波濤的歌聲已經漸漸微弱，田野小溪的吟唱也已不再，人間四處的喧鬧已趨於安靜，我能聽到的只有與靈魂之願相吻合的永恆的歌聲。

安息——請脫去我身上麻織的殮衣，用茉莉和百合花的花瓣為我裹身；請將我的遺體從象牙製成的棺材中移出，讓它平躺在柑橘和檸檬花製成的花枕上。

我的同胞呀，不要為我哭泣，而要將青春的歡快之歌唱響；田野中的女孩啊，不要為我流淚，而要將收穫和榨汁之季的彩詩誦吟；不要用悲歎和惋惜淹沒我的胸膛，而要用你們的手指將愛的符號和愉悅的標誌畫上；不要用念咒和卜卦來打攪以太的休息，而要用你們的心和我一道將永恆頌讚；不要身穿黑衣為我哀悼，而要穿上潔白的衣衫和我一起微笑；不要哽咽著說我已離去，而要閉上眼睛，那時你們便會看到我就在你們之中，現在、明天、將來都在。

請將我安放在長滿樹葉的枝藤上，抬上我慢慢走向荒野，不要將我抬向墓地，那兒的擁擠會影響我的安息，屍骨和骷髏發出的聲響會破壞我長眠時的寧靜；請將我抬向松柏樹林，在長有紫羅蘭和白頭翁的地方幫我挖一個墓坑，要挖得深一點，以防洪水將我的遺骨沖向山谷；要挖得大一點，以便入夜時眾幻影來此與我促膝；請為我脫去衣衫，讓我裸身埋入大地深處；請將我慢慢地、輕輕地安放在母親的胸前，然後再用鬆軟的泥土將我覆蓋，在每鏟土上都撒上一把百合、茉莉和長壽花的花籽，讓它們從我的身體中汲取營養，在我的墓上生長、開花，讓空氣中彌漫我心的芬芳；花兒迎著太陽綻放，敞開我欲安息的意向；花兒隨風搖曳，向路人追憶我曾經的嚮往和夢想。

我的同胞啊，現在你們就可以離開我了，讓我獨自一人用無聲的步伐起步，猶如靜謐行走在空谷那般。

讓我獨自留下，你們走吧，輕輕地從我四周散開，離開我，就如四月的風刮起時，桃花和蘋果花散落四處一樣。

你們回家吧，在那裡你們會發現死神未從我身上、也未從你們那兒取走的那些東西。

你們離開這兒吧，你們所希望得到的那個他，已經遠遠地、遠遠地離開了這個世界。

組歌

一支歌

在我內心深處有一支歌，它不以詞語為衣。這支歌落駐在我的心坎，不喜歡隨著墨水的流淌寫在紙上；這支歌猶如透明的封皮，包裹著我的情感，不願像口水那樣浸於我的舌端。我怕以太的塵埃將它汙染，又怎能將它吟唱？它早已習慣居於我的心房，況且我還擔憂它不堪忍受人耳的粗俗，我又能為誰吟唱？倘若你看到了我的眼睛，你就會見到那支歌的幻想；倘若你觸摸了我的指尖，你定能感到那支歌的顫動。我手的動作是這歌的表白，猶如湖水將星光映照；我的淚水會向它吐露心聲，猶如露珠會公開玫瑰花的祕密。這歌，靜謐的熱量使它蒸發，嘈雜的聲響使它隱身，夢幻使它再次唱響，甦醒又使它銷聲匿跡。世人呀，這就是一首愛的歌曲，哪位以撒能將它頌唱，哪位大衛又能將它吟詠？它比茉莉花更加馨香，誰的音喉能將它模仿？它的祕密堪比少女的隱私，哪根琴弦又敢將它撥彈？

誰能將大海的咆哮和夜鶯的歡唱融為一體？誰又能將暴風與孩子咿呀哼唧相提並論？作為人，誰又能唱響神的歌曲？

浪之歌

我和堤岸是一對情侶，愛使我們親密無比，風使我們相互分離。我來自遠方藍色的薄暮，為的就是讓我浪沫的銀色與堤岸的金色結合，並用我的唾液將它灼熱的心趨於些許的冷卻；黎明時，我對心愛的人誦讀愛情的立法，於是他將我擁入懷裡；夜晚，我又對他吟唱思戀的祈禱，於是，他又將我熱吻。我急躁，而我心愛的他卻與忍耐為伴、與堅韌為伍，漲潮時我擁抱他，退潮時，我拜倒在他的腳下；當美人魚浮出水面，坐在岩石上觀賞星星時，多少次她們曾在我身邊舞蹈；多少次，我曾聽見相愛的人對美貌女郎述說愛情之苦，那時我便與他們一同歎息；多少次我與岩石把酒對飲，而岩石卻無動於衷，我笑著與它嬉戲，它卻不展笑顏；多少次我從大海中將軀體托起，將它們送回活人的世界，多少次我從大海深處竊來珍珠，將它贈送給愛美的女人。

夜深人靜，萬物都已擁著困頓入睡，我卻依然未能入眠，時而吟唱、時而歎惋。好可憐呀，徹夜不眠使我孱弱，我卻一直愛著，而愛的真諦就是清醒。這就是我的生活，也是我終身之所為。

雨之歌

我是一根根銀絲，上帝從高處將我拋下，大自然將我接納，並用我去裝點山谷岡巒；我是嬌美的珍珠，從阿斯塔蒂女神的王冠上散落而下，晨光之女悄悄地將我竊走，將我鑲嵌在碧波蕩漾的田野。我哭時，山嶺便綻露微笑；我恭謙俯身時，花兒卻挺著身子把頭高仰。雲彩和田野本是一對情侶，我是他倆之間的急救使者，我瓢潑而下，為這位解渴，為那位治病；隆隆雷聲和似劍閃電為我的到來報喜，彩虹宣布我旅程的終結。這就是塵世生活，始於憤怒的物質之腳下，終於平靜的死神手上；我自湖的中心向上升騰，踩著以太的翅膀行走，看到美麗的園林時，便會落下，親吻花兒的芳唇，將百花的枝杈擁抱；在寂靜中，我用柔軟的手指敲擊窗上的玻璃，那敲擊聲織成的旋律，只有敏感的靈魂才能領會。是空氣的高溫孕育了我，將我生下，而我又將空氣的高溫驅散趕盡，有如女人，用從男人身上汲取的力量去征服男人。我是大海的歎息，我是天空的淚水，我是田野的微笑。愛不也是如此？它是情感大海的歎息，是思想天空的淚水，是心靈田野的微笑。

美之歌

我是愛的嚮導，我是靈魂的佳釀，我是心靈的美食，我是清晨叩開心扉的玫瑰。一位少女將我採摘，並將我親吻，將我放在她的胸前。我是幸福之女，我是歡快之源，我是開心的起始；我是美女雙唇上綻露的優雅微笑，年輕人看到它便會忘卻疲勞，生活頓時會變成甜美夢境的舞臺；我能啟發詩人的思考，會給畫家帶來靈感，讓音樂家學會創作；我是孩子的眼神，慈祥的母親見後即會面對上帝跪拜、祈禱，以示感恩；我以夏娃的胴體顯身在亞當面前，讓亞當為之膜拜；在所羅門面前我化身為他心愛人的苗條身姿，所羅門就成了哲學家和詩人；我面對海倫莞爾一笑，特洛伊便成了一堆廢墟；我讓克麗奧佩脫拉戴上王冠，尼羅河頓現一派和睦。我猶如歲月，今天建，明日毀；我是上帝，令人活，致人死；我比紫羅蘭更加溫馨，我比暴風更加威猛。世人呀，我就是真理。我是真理，你們最應該知道的就是這一點。

幸福之歌

人是我的情侶，我是他的意中人，我眷戀著他，他也癡情著我。然而，哎，我和他之間竟出現了第三者，令我痛苦不堪，使我備受折磨。這個凶狠的第三者就是物質，它緊盯著我們，我們走到哪裡，它就跟到哪裡，甚至像毒蛇一樣，將我們拆散。我曾去野外尋找我的情郎，在林中、在湖邊都未見他的身影，因為受物質的引誘，他去了城裡，去了那聚會、腐敗墮落的場所，乃至身陷不幸；我曾在知識的殿堂、智慧的大廈尋找他，亦未見他的蹤影，因為他又被那披著塵土外衣的物質引向了私欲的宮堡，乃至沉迷其間；我曾在知足的田野裡尋找他，卻也沒有看到他，因為我的情敵已將他禁錮在了貪婪的洞穴。黎明時分，在東方晨曦微露的那一刻，我呼喚他，他卻聽不到我的呼喚，因為吝嗇令他不願睜眼；夜深人靜，當百花入眠時，我又挑逗他，他依然沒有搭理我，因為未來的迷戀已經占據了他整個心房。

我的情侶愛我，他希望在自己的作品中尋找我，其實他只能在屬於上帝的作品中才能遇見我；他還期待著在由弱者的頭骨於金銀堆上築起的榮耀宮殿裡與我相會，而我只願意在神於情感溪畔建起的樸素小屋裡與他見面；他想當著暴君和殺戮者的面親吻我，而我只願讓他在純潔的鮮花中悄悄地親吻我的雙唇；他尋找計謀，以期讓計謀充當我倆之間的中間人，而我並不希望透過中間人以達純潔和美好。我的情侶竟從我的情敵——物質——那裡學會了叫嚷和喧嘩，我將讓他知道，如何讓自己的眼裡流出求情的淚水，學會如何為貪得無厭而歎惋。我的情侶屬於我，我也屬於他。

花之歌

我是大自然道出的話語，迅即大自然又將它收回，將它藏在自己的心的最深處，然後又將它再次道出；我是從碧藍蒼穹降至綠色大地的星星；我是多元素之女，冬天將她孕育，春天將她生下，夏天將她餵養，秋天哄她入睡；我是相愛之人的禮物，我是婚禮上的花環，我是生者獻給死者的最後饋贈。清晨，我和微風一起宣布陽光的到來，傍晚，我與鳥兒一道與陽光道別；我在平原上搖曳，為原野裝點美容；我在空氣中呼吸，讓空氣瀰漫芬芳；我微微入睡時，夜晚無數的眼睛盯視著我，我盼望甦醒，以便用白晝的眼觀望；我飲著露珠釀製的美酒，聽著鳥兒的啁啾，和著茵茵綠草的掌聲起舞；我時常仰天長望，只想看到光明，不願瞥見自己的幻影，這就是人類尚未知曉的哲理。

人之歌

你們原是死的，而他以生命賦予你們，然後使你們死亡，然後使你們復活，然後你們要被召歸於他。

——《古蘭經》[1]

我自古就已存在，至今依然，直至永遠，我的存在沒有終結。我曾在無極的太空遨遊，在幻影的世界翻飛；我曾抵臨最高的光環，現在我卻成了物質的囚徒；我曾經接受孔夫子的教誨，也曾經靜坐在知識大樹下，緊鄰普陀聆聽過婆羅門的哲理。而如今，我正在與愚昧和不信[2]抗爭。在那山上，我看到了耶和華在摩西面前顯身；在約旦河畔，我目睹了拿撒勒人的聖蹟；在麥迪那，我聽到了阿拉伯人的先知的告誡，可是，我現在卻身陷徬徨之境，難言左右。我曾經見證了巴比倫的強盛，也領略過埃及的輝煌和古希臘的宏偉，可是，至今我還是看到了呈現在這些豐功偉業上的衰敗、屈辱和式微；我也曾與隱多珥的巫師、亞述的祭師、巴勒斯坦的先知交談，卻依然在尋找真理；我熟記降於印度的哲理，我也能背誦發自阿拉伯半島居民肺腑的詩句，更能領悟承載著西方人情感的音樂，然而，我依然猶如盲人，看不見，猶如聾人，聽不到；我曾忍受侵略者和野心家的殘暴，受盡暴君的凌辱和強者的奴役，卻仍極具偉力與歲月抗爭。

這是我在童年時目睹耳聞的一切，我還將看到、聽到青年時代的偉業和功績，並隨著年邁，我必將達至完美，並回歸上帝。

我自古就已存在，至今依然，直至永遠，我的存在沒有終結。

1 見《古蘭經》黃牛章第二十八節。

2 不信：此處「不信」意指不信神者。

一個詩人的聲音

一

偉大的力量在我內心深處耕耘，我收穫並集聚起穀穗，將它一捆一捆地送給受飢挨餓者；靈魂賦葡萄藤以生命，我把長在藤上的葡萄榨成汁，將它送給乾渴者；上蒼為這盞燈注滿油，我將它點燃，放在我的窗前，為在黑夜中的行路人將路照亮。我之所以這麼做，是因為我就是為了這些而活著。倘若白晝阻止我行動，夜晚又將我的雙手捆綁，那麼我情願求一死。因為，對一個被自己的民族拋棄的先知、對一個被自己的同胞視為異類的詩人而言，死亡才是他最好的選擇。

人類總是像暴風那樣大聲嚷嚷，我則一直在平靜地歎息，因為在我看來，暴風的肆虐終將過去，歲月的大海定會將它吞噬，而歎息則將與上帝一起永存；對像冬雪一樣冷冰的物質，人類總是緊追不捨，而我追求的則是愛的火焰，並將其摟入懷裡，讓它吃食我的肋骨、侵蝕我的五臟六腑，因為我知道，物質是無痛地致人死亡，而愛則是以痛讓人再生。

人類被分成不同的派別、不同的群體，或隸屬於某個國家、某個區域，而我則自認為我不屬於任何國家，獨立於任何民族，整個大地都是我的國家，人類大家庭全是我的親屬，因為我發現人類本已孱弱，竟還自我分割，豈不幼稚；大地本已狹窄，竟還被分成各個王國、酋長國，豈不愚昧？

人類合力將靈魂的殿堂摧毀，還齊心築起肉體的學院，唯有我獨自佇立為此憑弔。但是，我聆聽，於是我就聽到了我內心希望的聲音在說：「猶如愛以痛讓人再生，愚昧能叫人認識求知之路。痛苦和愚昧能化成巨大的歡樂和完備的知識，因為永恆的智慧在陽光下創造的一切全都是有益的。」

二

我眷戀我的祖國，因為她太美；我熱愛我的同胞，因為他們太慘。但是，如果我的民族在所謂「愛國主義」的蠱惑下，踏進鄰國的土地、掠奪他人的財產、砍殺他們的男子、使孩童變成孤兒、令女子淪為寡婦、讓其國土浸染國民的鮮血、任憑猛禽野獸吞食年輕人的血肉，那麼，我必厭惡我的祖國、痛恨我的同胞。

我讚美對故鄉的回憶，同樣我也思念我曾經在那兒長大的家園。但是，如果有路人經過，懇求給他點吃的，並允許他借住一宿，卻被拒絕、被趕走，那麼，我將以對故鄉的哀悼取代讚美，以對家園的忘卻取代思念，並對自己說：「連一塊麵包都不捨得施予飢餓的人、連一張床都不願提供給借宿者的這個家，實在應該即刻被摧毀、被夷為平地的。」

我愛我的故鄉，但更愛我的國家；我愛我的國家，但更愛我祖國的大地。我愛大地，全心全意地愛著，因為它是人性的牧場，是神性在大地上的靈魂所在。那人性佇立在廢墟之間，光裸的身體上僅用幾塊破布遮蓋，憔悴的兩腮上掛滿了熱淚，她大聲呼喚著自己的兒女。那呼喚像哀歎、似哭號，響徹以太。而其兒女或正忙著高調吟唱宗派主義之歌，根本沒有顧及那呼喚；或正忙著擦亮自己的利劍，顧不上那熱淚。那人性就這樣獨自坐著，對著世人大聲呼救，而他們根本聽不見。即便有誰聽到了，並走近人性，為她擦去淚水，安慰她的不幸，眾人也會說：「別管她，只有弱者才會被淚水打動。」

人性就是神性在大地上的靈魂之所在。這神性行走在各民族之間，講述著愛，為人指點生活之道，大家卻對她的言論不屑一顧，甚至報以嘲笑。從前，拿撒勒人就是因為聽到了神性的話語，大家才將他送上了十字架；蘇格拉底也是因為這個原因，才被人下了毒藥。現在，那些自稱信奉拿撒勒人和蘇格拉底的人，竟在眾人面前公開大談他們聽到的神性的話語，別人卻無法將他們殺戮，只能以譏諷取代殺戮，還說道：「譏諷遠比殺戮更加殘酷，更加令人痛苦。」

耶路撒冷未能殺死拿撒勒人，拿撒勒人便一直活了下來；雅典也未能判處蘇格拉底死刑，於是，他也得以永生。譏諷不能戰勝聽從人性使喚且緊隨神性步伐的那些人，那麼，他們也將一直活下去，直到永遠。

三

你是我的兄弟，我們都是那全能聖靈的子嗣；你和我一樣，因為我和你都是肉體的囚徒，是同一塊泥。你是我生命道路上的夥伴，你是我的救主，讓我明白了那隱藏在雲朵後面的真理之內核。你是人、我的兄弟，我愛你。對我，你可以隨意評說，因為明天將對你審判，你的言行就是公正裁決的確鑿證據；你可以從我這裡隨意取走任何東西，對你來說，這並非掠奪，因為你取走的錢，其中一部分本來就屬於你；我為了滿足自己的貪心而占有的不動產，只要你願意，你也可以享用其中的一部分。

你可以隨意處置我，卻不能觸犯我的真理；你可以放盡我的血、焚燒我的肉體，卻不能令我的心靈感到痛苦，更不能令其死亡；你可以讓我的手腳戴上鎖鏈，將我投入黑暗的牢籠，卻不能鎖住我的思想，因為我的思想是自由的，就如吹拂在無際天空的微風。

你是我的兄弟，我愛你。

你在你的清真寺裡禮拜，我愛你；你在你的寺廟裡叩頭膜拜，我愛你；你在你的教堂裡禱告，我愛你。因為你和我出自同一宗教——靈魂，我們都是它的子嗣。這一宗教的各分支，它們的領袖就是神格手上相互交織一起的手指，這神格的手指向的是心靈的完美。

我愛你，愛你那源於通常理智的真理。這真理，雖然因為我目盲而無法看見，但是，我是視它為神聖的，因為它是心靈的產物。就像百花的氣息融為一體那樣，那真理將與我的真理在來世相會，成為一種完美的真理，並伴隨著愛和美一起永存。

我愛你，因為我看到面對暴君和強者，你竟如此羸弱，與住在宮殿豪宅的貪婪富人相比，你竟如此貧窮。於是，我曾為你哭泣，透過這淚水，我看到了你正在公正的懷抱中，那公正正朝著你綻露笑顏，並對欺負你的人表示蔑視……你是我的兄弟，我愛你。

四

你是我的兄弟，我愛你。可是，你又為何要與我為敵？

你為何來到我的國家，還想讓我屈服於你，不就是為了愉悅那些教長，他們卻在用你的話語求得榮耀、以你的辛苦換取歡快？你為何要丟下你的妻兒，且不顧死亡的威脅，來到這遙遠的地方，不就是為了那些將領，而他們就是靠你們的鮮血升官，用你母親的悲痛換取美譽？難道一個人殺了他的兄弟也可被譽為高尚？如是這樣，那我們理應為該隱塑像、為亞那頌讚。

他們說，我的兄弟呀，堅持自我是大自然最基本的法則，可是，我卻發現那些野心家、貪婪人有些特別，為了達到控制你兄弟的目的，他們會讓你自願地丟棄自我。他們說，為了生存，侵犯他人的權利在所難免。我則認為，維護他人的權利才是人類的至尊和至美。我認為，如果為了我的存在必須致他人毀滅，那麼對我而言，死亡才是最甜美、最可愛的。如果沒有人能讓我體面而充滿愛和純潔地死去，那麼我願意親手提前將自己奉獻給永恆。

我的兄弟呀，利己主義會導致盲目競爭，競爭將引來宗派主義，而宗派主義又將衍生出權勢，最終必將導致無休的爭奪和奴役。心靈認為，智慧和公正可以戰勝愚昧和邪惡，而反對仰仗金屬鑄造的棍棒和利劍的權勢，強推愚昧和邪惡。而正是這種權勢摧毀了巴比倫，毀壞了耶路撒冷的基石，拆毀了古羅馬的建築；正是這種權勢，造就了劊子手和殺人犯，而世人卻將他們視作偉人，那些作家還在宣揚他們的名字，書籍也不惜用文字記錄下他們的各次戰役，就如同大地並沒有因為他們曾經讓無辜者的鮮血染紅土壤而拒絕將其背負……我的兄弟呀，究竟是什麼讓你鬼迷心竅，讓你如此戀著給你帶來傷害的人？真正的權勢就是那種智慧，它能夠維護大自然公正的基本法則。倘若有一種權勢，它確實處決了殺人犯，也將掠奪者投進了牢房，然而，它自己卻大舉入侵鄰國，殺人數以百千，搶奪錢財萬貫，那麼，這種權勢的正義又從何談起呢？讓劊子手去處置殺人犯，讓竊賊去審判強盜，對如此這般的宗派主義者又將如何評述？

你是我的兄弟，我愛你，愛才是正義的最高表現。倘若我對你的愛在某些方面有失公正的話，那麼，我就是用愛的華麗外衣遮掩醜陋私利的騙子。

結語

我的心靈就是我的朋友，每當歲月坎坷時，它就會安慰我；每當生活艱辛時，它總能為我分憂解愁。誰若不能成為自己心靈的朋友，他就是大家的敵人；誰若不能自我安慰，他必將死於絕望。因為生命源於人的內心，而非來自周圍。

我來到這世界，就是為了道出一番話語，我將把它說出。如果在我還未將這些話語說出之前我就死了，那麼，明日就會把它道出，因為明日不會將祕密隱藏在沒有窮盡的書中。

我來到這世界，以愛的榮耀和美的光明而活。看吶，我活著，世人無法讓我遠離我的生命，哪怕他們挖去我的雙眼，我依然能透過聽，享受愛的歌曲和美的旋律；即便他們塞住我的耳朵，我依然能透過觸摸融合了相愛之人的氣息和美之芬芳的以太而感到怡樂。假如他們連空氣都不讓我接觸，我就和我的心靈廝守相伴，因為心靈就是愛和美的千金。

我來到這世界，以所有的名義而存在，也為了所有而活著。今天我於孤獨中的所作所為，未來會讓它公布於眾；今天我一個人道出的話語，眾人之口必將在未來將它共同道出。

瘋人

我何以變為瘋人

這是我變成瘋人的故事，陳述如下，以饗讀者：

在許多神祇還未誕生的遠古，我從沉睡中醒來，發現所有的面具，即我親手為在大地上活了七次人生所編織的七副面具，都不復存在。於是，我裸露著臉奔向熙攘的大街，對著人群大聲叫嚷：「小偷！小偷！該死的小偷！」男人、女人都嘲笑我，甚至還有一些人懼怕地躲進了屋裡。

我來到市中心，突然發現有個年輕人站在屋頂上，大聲嚷嚷道：

「這是個瘋子！」

我舉目向他望去。於是，陽光第一次親吻了我那裸露的臉頰。因為是第一次，我心中頓時燃起了對太陽的愛。我不再需要面具了。在心神恍惚中，我大聲嚷道：「有福了，有福了！那些盜走我面具的小偷有福了！」

就這樣，我成了瘋子。而在這瘋癲之中我卻發現了自由和解脫：因為孤獨而得以自由；

也從盼望被瞭解的煩惱中解脫了，因為瞭解我們的那些人只會奴役我們。

但是，我並不為這種解脫而過於自豪。要知道，即便在押獄中，小偷也照樣感到安寧，如同待在他的同夥中。

主

當顫抖的嘴唇第一次發出聲音的時候，我攀上聖山，呼喚道：「我的主啊，我是祢的奴僕，祢隱祕的意願是我的法典，我將永遠服從祢的意願。」

主沒有回答我，卻像一陣強烈的旋風掠過。

一千年之後，我又攀上聖山，對主說：「我的造物主，我是祢的傑作，祢用泥土塑造了我，然後，又用祢的靈氣將生命注入我的體內，因此，我的一切都受惠於祢。」

主沒有回答我，卻似敏捷的飛翼閃過。

又過了一千年，我再次登上聖山，又一次對主吟道：「聖父呀，我是祢的愛子，祢以祢的仁慈養育了我，我亦將以仁慈繼承祢的王權。」

主仍然沒有回答我，卻似那籠罩山巒的薄霧般散去。

又過了一千年，我又登上聖山，第四次向主說道：「我那英明而又無所不知的主呵，祢是我的至善，也是我的歸宿；我是祢的昨天，祢是我的明天；我是祢在漆黑大地上的血脈，祢是在充滿光輝的天宇中為我綻開的花朵，我們迎著太陽共同生長。」

主終於向我俯下身來，用溫柔的聲音在我耳邊吟語，猶如大海擁抱奔流而下的小溪，把我摟進祂的懷抱。

當我走進山谷，步入平原，我發現主依然與我同在。

我的朋友

我的朋友，我並不像你所想像的那般。我的外表，只不過是一件外套，它用寬容而善意的絲線精心編織而成。披上它，你就不會對我產生好奇，同時還能遮掩我的粗疏。至於被我稱之為隱蔽的大「真我」，卻深藏於我無聲的心底，除我之外無人知曉，也永遠不被人知曉。

我的朋友，我並不想要你相信我所說的、相信我所做的，因為我的言語只是你思想的回音，而我的行為只是你希冀的影子。

我的朋友，當你對我說：「這風從東面吹來。」我馬上應聲道：「是的，它從東面來。」因為我不想讓你覺察到我的思想與海浪同遊，而並非與風翱翔。但你那陳舊的思想卻已被風扯碎，再也不能領悟我與大海同流的深邃思緒。是的，你沒有領略它的真諦，反而是好事，因為我情願獨自一人行走於大海。

我的朋友，當你的太陽升起時，我的黑夜便降臨。即使在這時，我依然透過夜幕向你談論那中午時分在山巒間舞蹈著的金色陽光，和那灑落在山谷和平原上的山峰倩影。我向你講述所有這一切，因為你聽不到我夜幕下的歌聲，也看不見我迎著群星飛翔抖動的雙翼。多美呀，你既不能聽見，也不能看見，因為我只願一人獨守黑夜。

我的朋友，當你昇華至你的天堂，我便墜落到我的地獄。儘管你我之間有著不可逾越的深淵，你卻依然向我呼喚：「我的夥伴，我的朋友。」我應答道：「我的夥伴，我的朋友。」我不想讓你看到我的地獄，因為地獄熾熱的火焰將會灼傷你的雙眼，濃煙更會窒息你的呼吸。至於我，則深愛著我的地獄，更無意邀你來此共遊，因為我只願獨居在地獄中。

我的朋友，你說你崇尚真理、德操，嚮往美。我附和道，像這樣崇高的東西的確值得嚮往。然而，我內心卻在暗暗嘲笑你的愛，因為我只願獨自一人大笑。

我的朋友，你確實高尚、警覺而又聰穎，完美無缺。我用與你同樣的警覺和睿智與你交談，因為我不想傷害你的尊嚴。然而，我已遠離了你所在的那個世界，成為另一個遙遠而又陌生的世界的瘋人。對你，我遮掩起我的瘋狂，因為我只想獨自一人成為瘋人。

我的朋友，你並不是我的朋友，可是怎樣才能使你明白呢？我們並非走在同一條道上，儘管如此，卻依然並肩而行。

稻草人

有一次，我對稻草人說：「你獨自一人站在這田野上，難道不覺得厭倦？」

稻草人回答說：「能令人恐懼，是我最大的享受。因此，對我的這份工作，我非常滿意，更不會厭倦。」

我想了想，又說：「你說得對，我也曾有過這樣的經歷，因此，我能領悟你的樂趣。」

他回答道：「你太抱有幻想了，這種樂趣只有像我這樣以稻草填軀的人才能體會。」

我匆匆走開，真不知道他對我是在恭維還是在挖苦。

一年後，稻草人已成了有名的哲學家。當我再次走過他身邊時，看到兩隻烏鴉正在他的帽簷下築巢。

夢遊者

在我出生的那個城鎮裡住著一個婦女和她的女兒。她倆常常夢遊。

一個美麗而又寧靜的夏夜，母親和女兒像往常一樣在夜霧彌漫的花園裡夢遊而相遇。

母親對女兒說：「你，該死的，我的仇敵，是你毀了我的青春，是你在我生命的廢墟上構建了你的生命，我多麼想親手宰了你。」

女兒回答說：「可惡的女人、愚笨而又自私的老太婆，是你扼殺了我那奔放的自我，你別想讓我的生命成為衰朽生命的回聲！但願你快快死去！」

就在這時，公雞啼鳴了，母親和女兒從花園的夢遊中醒來。

母親溫柔地說：「是你嗎，我的寶貝？」

女兒甜蜜地答道：「是我、你的女兒，慈祥的媽媽。」

兩個隱士

兩個隱士生活在高高的山頂上，他倆互敬互愛，並堅持膜拜上帝。

除了一個陶瓷盤子外，他倆別無其他財產。

某日，邪惡在年長隱士的心中蠕動。他來到年輕隱士身邊，對他說：「我們已共同生活了很長時間，現在該分手了。我想，讓我們來分一下財產吧。」

年輕隱士滿臉惆悵，回答說：「你要離我遠去，這真使我傷心，既然你一定要走，這是你的權利，兄長呀，你就隨意吧！」

然後，年輕隱士拿著那只陶瓷盤又說：「親愛的，這盤子是我們的共同財產，要把它一分為二是不可能的，我看還是歸你吧。」

年長隱士面露慍色，說：「我不想要你施捨，也不會接受不屬於我的東西。這盤子必須一分為二，各人取自己的那一份。」

年輕隱士溫和地說：「如將此盤一分為二，這對我、對你都毫無用處。如果你同意的話，還是讓我們抽籤吧！」

年長隱士回答說：「我只想公平地得到屬於我的那一份，我絕不願意去搞那種無視公道的盲目抽籤。抽籤將會使我變成不講公正的賭徒，也會令我財產的歸宿取決於盲目的偶然。為此，我希望平分此盤。」

年輕隱士見不再有商量的餘地，便說：「親愛的兄長呀，如果你真是這麼想的，也真想像你所說的那樣去做，那麼就把這盤子打成兩半吧。」

一層陰影蒙上了年長隱士的臉，他大聲嚷道：「該死的，你這膽小鬼、愚蠢的懦夫，你竟不敢爭鬥！」

聰明的小狗

一天，聰明的小狗碰上了一群貓。牠走近貓群的時候，竟然發現貓全都離牠遠去，好像根本沒在意牠的到來。於是，小狗停下腳步，好奇地注視著這群貓。

正在這時，從貓群中走出一隻肥壯的大貓，牠臉上的神情莊重嚴肅。大貓面對群貓說道：「虔誠的弟兄，快快祈禱吧，倘若你們不斷地熱烈祈禱，你們的祈求一定會得到回報，天上一定會馬上掉下老鼠來。」

聰明的狗聽到大貓如此布道，不禁啞然失笑。牠一邊轉身離去，一邊暗自說：這些貓該有多蠢呀！書上寫著的東西，牠們怎麼竟毫不知曉？書本和祖先告訴我的明明是：那為虔誠的祈禱和執著的懇求所降臨的並不是老鼠，而是肉骨頭。

「求」與「得」

很久以前，有個人擁有滿山遍谷的針。

一天，耶穌的母親來到他這裡，對他說：「朋友，我兒子的衣服被扯壞了，我想在祂去聖殿前將衣服補好，不知你是否肯借我一根針？」

那人一根針也沒給她，而是對她說了一遍有關「求」與「得」的訓誡，讓她在她兒子去聖殿前轉告祂。

七個自我

靜謐的深夜，瞌睡向我襲來，我的七個自我相聚在一起交談起來。

第一個自我說：「我存在於這瘋人的體內已有很久，除了日間恢復他的痛苦，晚間恢復他的憂愁外，我無所事事。對此，我確實已經感到厭惡，我要起來造反。」

第二個自我應聲答道：「我的姊妹呀，你的命運比我強多了，命中注定我成為這瘋人的同人。我為他的歡樂而歡樂，為他的笑而笑。在他高興的時候歌唱，並用插上飛翅的腳步，為他閃爍的思想舞蹈，如果要說造反的話，還有誰比我更應該造反呢？」

第三個自我說：「我的日子比你們倆的日子更慘。我是一個同時被愛情駕馭、被幻想驅使的病態的自我，是充滿憂傷和痛苦的自我，最需要造反的應該是我。」

第四個自我說：「我的處境比你們各位更糟。我被注定專司嫌惡，在這瘋人的心中點燃嫉妒仇恨之火。我是誕生在這漆黑地獄裡惹是生非的自我。我遠比你們更有理由要求造反。」

第五個自我說：「我真羨慕你們被派定從事的美差呀，上蒼指定我去為這瘋人無數次地重複他永無止境的夢幻，激起他永不沉寂的飢渴。為探索未知和未造的事物，在無際的天涯終日徬徨，永不能品嘗安寧的甘甜。我，比你們更要造反，更要反抗。」

第六個自我說：「啊，你們是多麼幸福呀，而我又是多麼可憐多麼悲慘。我是低賤的勞動的自我。我用辛勞的雙手、不眠的雙眼為日月編織圖畫，給無序與劣形賜以永恆而美麗的形體。我、一個孤獨而又寧靜的自我，更需要反叛，更需要造反。」

第七個自我朝六個自我打量了一番，然後說道：「你們都算了吧。你們都有可嘉的差事，竟還要對這瘋人造反。我多麼希望歲月也能為我選定如同你們那般固定的差事。我是無所事事的自我。當你們都在為生活創新、為編織生活的美景而執著忙碌的時候，我卻只能陪伴著那無始無終的靜謐與黑暗。我的諸位姊妹呀，以你們的主發誓，你們說誰更需要造反？是你們，還是我？」

第七個自我說完後，另六個自我同情地看著她，誰也沒再言語。

夜更深了，那六個自我懷著對擁有固定差事的新的滿足與服從進入夢鄉。

但是，第七個自我卻打量著那深藏在萬物之後的空虛，久久不能入眠。

正義

一天夜晚，王子的宮殿裡正舉行著宴會。貴客熙熙攘攘，出出進進。在入宮者中有一個男子，他恭敬而又莊重地向王子施禮。這時，眾人的目光都驚愕地注視著他，大家發現他的一隻眼睛已被剜去，那空空的眼眶中正不停地流著鮮血。

王子發問道：「朋友，怎麼回事？」男子回答說：「王子殿下，我是一個竊賊。今晚我趁天黑又想行竊，打算去偷錢莊的錢。因為天太黑，我迷失了方向，誤入了錢莊隔壁織工的屋子。在黑暗中，我一頭撞上了機杼，把眼球撞了出來。為此，我特來求助殿下，乞求你在我和那機杼之間作出公正的判決。」

王子聽罷，即刻派人傳喚織工。織工很快來了。王子下令剜去織工的一隻眼睛。

織工說道：「王子殿下，您判得很對。是正義讓我也將失去一隻眼睛。可是，不瞞您說，為了看清所織之物的兩邊，我需要兩隻眼睛。我有個做鞋匠的鄰居，他也有兩隻眼睛，但他的職業只需一隻眼睛就足夠了。如果殿下同意的話，不妨把他喚來，剜去他的一隻眼睛以維護法律的尊嚴。」

於是，王子馬上派人傳喚鞋匠，把鞋匠的一隻眼睛剜去了。

就這樣，正義得到了伸張！

狐狸

一隻狐狸迎著晨曦走出窩穴，茫然地打量著自己的身影，說：「今天我將用一頭駱駝作為午餐。」說完，牠就上路了。整整一上午，牠到處尋找駱駝。到了中午，牠再次驚愕地打量起自己的身影，然後說：「不，有一隻老鼠就很夠了。」

英明的國王

在一座遙遠的城市裡，住著一位威嚴而又英明的國王。他的威嚴使人敬畏，他的智慧又使他倍受愛戴。

在那城市中心有一口水井，水清澈甘甜，這是該城中唯一的一口井，從國王、王室成員到平民百姓，大家都飲用這井水。

一天夜晚，眾人皆已沉睡，一個女巫悄悄進入城市，並向井裡灑入七滴魔液，然後咒道：「從現在起，凡喝此井水者都將變成瘋人。」

翌日早晨，除了國王和大臣以外，全城的百姓都飲用了這井水。於是正如女巫所說的那樣，他們都變成了瘋人。

這件事很快就在全城傳開了，大街小巷的行人無不在交頭接耳，悄悄議論，說：「國王和大臣都瘋了，他們都失去了理智。我們不能讓一個瘋子國王來統治城邦，我們得快去廢黜他！」

那天晚上，國王聞悉，便命人用祖傳的金杯從那口井裡汲來井水。水送來後，國王用手接過金杯，將水送到嘴邊。國王大口喝下井水，又將金杯遞給大臣，大臣將剩下的水一飲而盡。

全體百姓聞訊後，為他們的國王和大臣重新恢復理智而熱烈地歡呼起來。

抱負

酒鋪裡的一張桌子邊坐著三個男人。其中一人是編織工，一人是木匠，另一人是掘墓工。

編織工對他的兩個夥伴說：「今天，一件考究的亞麻壽衣，我賣了兩個金幣，讓我們開始痛飲吧！」

木匠應聲道：「我賣出了一具最豪華的棺材。讓我們就著酒，吃上一頓最美的肉吧！」

掘墓人接著說：「今天我只挖了一個墓穴，可是，我的朋友，我的雇主卻付了我加倍的工錢。讓我們再品嘗一點蜂蜜吧！」

那天晚上，酒鋪裡變得熱鬧非凡，他們又是喝酒，又是吃大肉，還品嘗著蜂蜜，吃完後還興奮地跳起了舞。

酒鋪老闆不停地朝妻子點頭微笑，看著這三位客人花錢如流水，簡直不敢相信。

三個男子吃著、喝著，一直到很晚。酒足飯飽之後，他們這才唱著鬧著離開酒鋪。

酒鋪老闆和他的妻子站在門口目送著他們遠去。

妻子對丈夫說：「要是每天都有這樣出手大方的客人來光顧我們的酒鋪，那該多好呀！這樣，我們就用不著讓我們唯一的兒子再經營這間酒鋪了，可以讓他接受教育，將來當個牧師。」

新的樂趣

昨天晚上，我發明了一種新的樂趣。

正在我第一次享受這樂趣的時候，一位天使和一個魔鬼正佇立在我家門口。他倆爭吵著，對我新創的樂趣發表議論。

天使高聲嚷道：「這是該死的罪孽！」

魔鬼則用更大的聲音反駁道：「不，以我的生命發誓，這是美德！」

另一種語言

我出生的第三天，躺在柔軟的搖籃裡，驚異地注視著周圍新奇的世界。

這時，母親對奶媽說：「今天我的兒子怎麼樣？」奶媽回答說：「我的主人，他今天很好，我已餵了他三次奶了。以前我從來也沒見過這樣漂亮的孩子。」

我聽後頓時氣得大聲喊叫起來：「媽媽，你別聽她的，千萬別聽她的。我的褥子又粗又硬，她的奶水又苦又澀，她的乳房臭氣充鼻，我難受極了。」

母親不懂我的話語，奶媽也不知我所云，因為我說的語言屬於我來的那個世界。

我出生的第二十一天，是我接受洗禮的日子。那神父對母親說：「我的女主人，向你道喜了，你的兒子是個天生的基督徒。」

我大吃一驚，忙對神父說：「要真像你所說的，那麼你那在天國的母親就不會遷怒於你了。因為你並非生來就是基督徒。」

可是，神父也沒有聽懂我的話語。

七個月過去了，來了一位預言家，他注視著我的臉，過了一會兒，對母親說：「你的兒子將成為卓越的領袖，大家都將臣服於他。」

我大聲嚷叫起來：「這是騙人的預言，我知道我自己，我堅信我將學音樂、學唱歌，成為音樂家。」

我竭盡全力叫喊，卻沒有一人聽懂我的話語，為此，我感到驚訝不已。

三十三年過去了。母親、奶媽，還有那位神父都相繼去世（願上帝保佑他們的英靈），只有預言家還依然活著，昨天我還在聖殿的門前碰到他，在交談中我告訴他，我已成為音樂家。他說：「我早就相信你一定會成為一個大音樂家。你還在襁褓中的時候，我就在你母親面前預言過你的這一前途。」

我相信了他所講的，因為我早已忘記了屬於我來的那個世界的語言。

石榴

我曾生活在一個石榴中。一天，我聽見一顆石榴籽說：「以後，我將成為一棵高大的石榴樹，風伴著它的樹枝歌唱，陽光在它的樹葉上歡舞。我將四季不衰，永遠強壯茂盛。」

又一顆石榴籽接著說：「我的朋友，你真傻。早在像你這般年幼時，我也曾有這樣的美夢。但是，當我通曉事理後，就意識到所有的期望都是空想。」

第三顆石榴籽說：「我也看不出在我們之中有什麼東西能預示有如此輝煌的未來。」

第四顆石榴籽應聲答道：「如果我們的生活不再有崇高光輝的前程，那麼，這生活還有什麼意義呢？」

第五顆石榴籽站起身來，說：「我們連自己現在是何物都說不清，又何必為將來爭得喋喋不休呢？」

第六顆石榴籽說：「我們現在怎樣，將來依然如故。」

第七顆石榴籽說：「在我腦海裡有一幅完整無缺的前程美景圖，我卻無法用話語將它描繪出來。」

接著，第八、九、十顆……所有的石榴籽都紛紛開腔發表看法。一片喧囂聲，我也無法辨清它們都說了些什麼。

就在那天，我離開了石榴，遷居至一個榅桲內，那裡沒有太多籽，非常安靜。

兩個籠子

我父親的院子裡，有兩個籠子。

一個籠子裡關著一頭獅子，牠是父親的僕人從尼尼微弄來的。另一個籠子裡關著一隻歐椋鳥，牠每天不停地鳴囀。

每天早晨，歐椋鳥總要靠向獅子，問候道：「早安，我的囚徒兄弟。」

三隻螞蟻

一個男人躺在太陽底下打盹，三隻螞蟻聚在他的鼻尖上。相互致意之後，這三隻螞蟻便停在那裡聊了起來。

第一隻螞蟻說：「今天，我們腳下的山丘和平原是我平生所見最貧瘠的土地。整整一天我到處尋找，可是連一粒糧食也沒找到。」

第二隻螞蟻搭腔道：「我時常聽我們的同類說起那被稱為不毛之地的地方，他們對這地方的變幻無常有各種各樣的評說。我彷彿覺得現在我們就來到了這個地方，因為我也轉遍了這裡的每一角落，卻一無所獲。」

第三隻螞蟻抬起頭，說：「我的朋友，我們現在正站立在一隻超級螞蟻的鼻子上，其身軀之大，令我們極目難視；其身影之寬闊，令我們無法丈量；其聲音之洪亮，可謂震耳欲聾。這就是無所不在的永恆之蟻。」

聽完第三隻螞蟻的說法，另兩隻螞蟻相互對視著大笑起來。

就在這個時候，打盹的人動了動，抬起手撓了撓鼻子，頓時三隻螞蟻全都被他的手指撚得粉碎。

掘墓人

那天，我正在埋葬一個死去的自我。突然，掘墓人走近我，對我說：「所有來這墓地的人當中，我最喜歡你。」

我說：「朋友，你這麼說真使我高興，那麼你為什麼唯獨對我這般厚愛呢？」

他答道：「其他人都是哭著來，又哭著回去。而你卻是笑著來，又笑著離去。」

在聖殿的臺階上

昨天傍晚，我看見一個婦女坐在聖殿的臺階上。在她的左右兩邊各又坐著一個男人，他倆看著她。我覺得很奇怪：她的右臉頰呈現一片蒼白，而她的左臉頰則泛上了一層玫瑰色。

福佑城

我年輕時，曾聽說有這樣一座城市，城裡的人都遵循《聖經》的教義而生活。

於是，我對自己說：「我一定要找到那座城市，以求得最高的福分。」

那城市很遙遠，為了去那裡我做好了充分的準備。我走了整整四十天。到第四十一天，我才踏進了這座城市的大門。這時，我突然發現，城裡所有人都是獨眼獨手。我感到有些惶惑，暗忖道：「難道在這座聖城居住的人都必須是獨眼獨手的嗎？」

而所有的人也注視著我，他們見我手眼俱全感到驚愕。

正當他們交頭接耳之際，我問他們道：「這就是那座眾人都遵循《聖經》教義而生活的聖城嗎？」

他們齊聲答道：「是啊，這兒正是那座城市。」

我又說：「你們都怎麼了？你們的右眼和右手呢？」

他們對我的無知感到遺憾，便用同情的口吻說：「過來看看吧！」

他們當中的一個長者領著我來到城中央的一座聖殿。

在聖殿裡，我看到一大堆眼珠子和枯萎的手臂。我驚愕不已，說：「天哪，是哪一個殘忍的侵略者征服了你們，還如此殘害你們啊？」

人群中響起歎息聲，他們愈發對我的無知感到驚奇。一個長者走近我，對我說：「我的孩子呀，這些都是我們自己做的。是上帝讓我們除去我們身上的邪惡。於是，我們便根除了這罪惡的原菌。」隨後，長者又領著我來到一座高高的祭壇前。大家跟著我們。長者指著鐫刻在祭壇上的一段經文，示意我讀。我讀道：「若是你的右眼叫你跌倒，就剜出來丟掉，寧可失去百體中的一體，不叫全身丟在地獄裡；若是右手叫你跌倒，就砍下來丟掉，寧可失去百體中的一體，不叫全身下入地獄。」[1]

我這才明白了。我轉過身，對著他們大聲嚷道：「難道你們當中就沒有一個男人或女人的雙手和雙眼是健全的嗎？」

大家回答我說：「沒有，除了還未成年的小孩，因為他們無法讀懂《聖經》，也就無法按聖典的要求去做了。」

走出聖殿後，我疾速離開了這座福佑之城，因為我已成年，並且能夠讀懂《聖經》。

1 《聖經．馬太福音》第五章第二十九—三十節。

善神和惡神

在山頂上，善神和惡神相遇了。善神對惡神說：「早安，兄弟！」

惡神不搭理。善神又對他說：「我看你今天心情不太好？」

惡神這才回答說：「是的，近一個時期以來，世人變得分不清你我了。好幾次都以你的名字來呼喚我，為此，我很不高興。」

善神說：「親愛的，我也和你一樣，很多人都把我誤認為是你，並以你的名字呼喚我。」

惡神憋了一肚子火，不停地罵人類的愚蠢，悻悻而去。

於我挫折中的勝利

挫折，我的挫折！我的孤獨！
在我，你遠比千次勝利更加珍貴，
在我心裡，你遠比世間一切榮譽更加甘美。

挫折，我的挫折！
我的自知，我對自我的蔑視，
透過你，我知道自己依然年輕而敏捷，
我不會被凋萎的桂冠誘惑。
透過你，我得到了孤獨，
也品嘗了逃亡和貶抑的歡樂。

挫折，我的挫折！
我的利劍，我閃光的盾牌。
在你的眼裡，我已讀到：
登上王位猶如被囚禁，
理解了靈魂的真諦就意味著生命的終結。
達到完美就是死亡降臨，
恰如瓜熟蒂落即刻消失。

挫折，我的挫折！
我勇敢的摯友，
只有你聆聽我的歌唱、我的呼喚和沉默；
只有你對我講述翅膀的搏擊，大海的咆哮，
還有夜幕中火山噴射出的火焰；
只有你才能攀上我那高大而又光滑的心靈之岩。

挫折，我的挫折！
我永不泯滅的勇氣和膽略，
你在風暴中與我同聲大笑，
為我們共同的死亡把墳墓營造。
我們在陽光下堅定地佇立在一起，
我們令人生畏，令人恐懼。

夜與瘋人

瘋人：「夜，我像你一樣昏暗赤裸。我沿著白晝的夢幻行走在灼熱的路上。我雙足踏過的土地，都萌生出一棵高大的橡樹。」

夜：「不，瘋人，你不像我，你依然回頭瞻顧你留在沙土上的足跡。」

瘋人：「夜，我像你一樣緘默深沉。在我孤獨的心中，躺著一位正在分娩的女神。這降生的嬰兒，把天堂和地獄連成一體。」

夜：「不，瘋人，你不像我。面對痛苦你依然顫抖，而來自地獄的歌聲更使你恐懼擔憂。」

瘋人：「夜啊，我像你一樣狂暴、威嚴。我的耳邊迴盪著被征服民族的吶喊，和對故土的哀歎。」

夜：「不，瘋人，你不像我。你依然視你的小我為摯友，而不能將你可畏的大我當作至交。」

瘋人：「夜啊，我像你一樣，冷酷、恐怖。我的心只為海上燃燒著的船隻歡愉；只有戰死疆場的勇士的鮮血才令我的雙唇感到味美。」

夜：「不，瘋人，你不像我，你依然嚮往你靈魂的姊妹，只讓她主宰你的命運，而沒有讓她成為約束你自己的法律。」

瘋人：「夜啊，我像你一樣，歡快活潑。與我同行的男人總是被那處女灌酒灌得爛醉；與我結交的女人正為幹著那罪惡的勾當而感到心情舒暢。」

夜：「不，瘋人，你不像我。你的靈魂依然被七層紗幕遮蓋，直到現在你依然未能把自己的心握在手裡。」

瘋人：「夜啊，我像你一樣，堅忍卻又沮喪。在我心房裡藏匿著無數情侶的墳墓，他們為示忠誠而捐軀。淚水為他們陪葬，枯萎的親吻成了他們的裹屍布。」

夜：「你像我嗎？瘋人，你真的像我嗎？你能像駕馭烈馬一般乘騎風暴嗎？你能像緊握利劍那般抓住閃電嗎？」

瘋人：「夜啊，我像你一樣，像你一樣偉大而又無所不能。我已在那下凡神祇所在的小丘上建起了王位。歲月在我面前顯得渺小，它只能親吻我的衣襟，卻無法仰視我的臉龐。」

夜：「你——我黑暗之心的兒子，像我？像我一樣？你能領略我奔放的思想，或者以我廣博的語言言語嗎？」

瘋人：「是的，夜啊，我們原是孿生兄弟。你展現的是永恆的世界，而我則展示我內心的存在。」

臉

我見過表情多變的面孔，也見過猶如由模子澆鑄而成的刻板面孔。

我見過這樣的面孔，即透過表層能窺探其內在的醜陋。也見過另一種面孔，它的美麗剛被讚歎不已，突然那假面具就被撕了下來。

我見過那布滿皺紋卻空洞無物的老臉，也見過柔和光滑卻飽經滄桑的年輕的臉。

我能識別各種各樣的臉，並透過眼睛織就的視網，洞察隱匿在那些臉後面的真相。

更遼闊的大海

我伴著我的靈魂去大海沐浴。我們來到海堤上，尋找隱蔽之處。

我們正走著，看見一個男子坐在一塊灰色岩石上，手裡拿著一個袋子，不停地從袋子裡抓出大把大把的鹽，把它撒入大海。

我的靈魂對我說：「這是一個只看到生活影子的悲觀主義者。我們不能在這裡沐浴，快走吧！」

我們繼續往前，來到一個海灣邊。我們看到一個男子站在一塊白色岩石上，手上拿著一個嵌滿鑽石的盒子。他不停地從盒子裡抓出大把大把的糖，拋進大海。

我的靈魂告訴我：「這是一個樂觀主義者，且樂觀得有些過分。我們不能讓他看到我們的裸身。」

我們繼續向前，來到不遠處的海灘。在那裡，有個男子正撿起一條條死魚，然後又小心翼翼、十分仁慈地把牠放回海裡。

我的靈魂告訴我：「這是一個好心腸的人道主義者，他試圖讓人起死回生。我們還是離他遠點吧。」

我們又來到另一個地方。在那裡，有個男子正在水面上描繪自己的影子。海浪滾滾。他的畫頓時不復存在，他卻仍然一遍又一遍地描畫著。

我的靈魂對我說：「這是一個神祕主義者，他在為自己的幻想塑造用以膜拜的偶像。我們走吧！」

我們又向前走，來到又一個海灣，見有一男子正在收集海面上的水泡，把它裝入一個玉杯中。

我的靈魂告訴我：「這是一個理想主義者，他想用蜘蛛的絲編織他的外衣，他沒有資格看到我們赤裸的身體。」

走了沒多遠，突然聽見一個聲音在大喊：「這就是海，這就是深海！這就是威嚴遼闊的大海！」我們循聲走去，看見一個男子，他背朝大海，耳邊上靠著貝殼，坐在那裡聆聽回聲。

我的靈魂說：「這是一個現實主義者。他全然不顧那些無法理解的整體，卻拘泥於毫無意義的瑣碎局部。」

我們又離他而去，來到另一個地方。在岩石群中看到一個男子，他正弓著身子，讓頭沾滿了沙土。我便對我的靈魂說：「我們在這裡沐浴吧，這人不會看見我們的。」

靈魂接著說：「不行，絕對不行！你說的那個男子是上帝創造的邪惡，他是卑劣的叛教者，他對自己隱瞞了生活的不幸，於是生活也不賜給他快樂。」

這時，我靈魂的臉上露出了深深的悲哀，他不無痛苦地說：「讓我們離開這個海堤吧。這裡沒有隱蔽又安全的地方可供我們沐浴，我不願讓這裡的海風吹弄我的金髮，也不願意向這裡的空氣坦露我潔白的胸膛，更不願讓這裡的陽光窺見我聖潔的裸身。」

於是，我們離開了這裡的海，尋覓起更加遼闊的大海。

釘在十字架上

我對著人群大聲叫嚷道：「你們最好把我釘到十字架上去！」

他們說：「你為何要把血濺到我們頭上？」

我回答說：「若不把瘋人釘上十字架，你們還有什麼值得驕傲的呢？」

他們接受了我的觀點，並把我釘上了十字架。十字架使我的內心得到了平息。我被高懸於天地之間。大家抬頭凝視著我，他們顯得很興奮，左右搖晃著，因為他們的頭從未這樣昂起過。

他們聚集在十字架的周圍，有個人大聲對我說：「你這是在贖哪樁罪呀？」

又一個人說：「以你的主發誓，你說，你為何要自我犧牲呢？」

第三個人問：「你這愚蠢的傢伙，你以為用如此低廉的代價就可換取世界的榮譽嗎？」

接著，第四個人又開腔道：「快看他那無聲的微笑，就好像沒事似的。人怎麼能笑對如此的痛苦？」

這時，我轉過身望著他們，說：「請記住我這微笑，我並非在贖罪，也無意以身獻祭，更不求功名、不求寬恕。可是，我渴。所以，我乞求你們以我的血作為飲料。除了自己的血，還有什麼可為瘋人解渴的呢！是的，我是啞巴，所以，我乞求你們視傷口為嘴唇；是的，我是你們晝夜的囚徒，所以，我在尋找一條大道，通往更加輝煌燦爛的明天。

「現在，我去了，如同以前曾被釘在十字架上的諸位前人一樣。但是，不要認為我們這些被釘在十字架上的人會對此感到厭惡，因為我們注定要被比你們更威嚴、更殘酷的強者釘在天地間的十字架上。」

占星家

我和我的朋友看見在聖殿的陰影下獨自坐著一個盲人。朋友對我說：「這是我們這兒最有智慧的人。」

於是，我丟下朋友，走近盲人，向他致意。然後緊挨著他坐了下來。開始和他攀談起來。我問他：

「先生，您是何時患的眼疾？」

「自出生的那天起。」他回答。

「您的智慧隸屬於哪個派別？」我問。

「我是占星、算命的。」他答。

他把手放在胸口，接著說：「我觀察包括太陽在內的恆星，觀察包括月亮在內的衛星，以及所有星宿的運動變化。」

偉大的渴望

我端坐在我的高山兄弟和我的大海姊妹之中。我們三人同是孤獨者，是深沉、強烈，而奇特的愛把我們連在一起。

這愛，比我的姊妹更深沉；這愛比我的兄弟更強烈；這愛比我的瘋狂更奇特。在晨曦還未將夜色驅散之前，多少個日月就已流逝。於是，我們相識了。我們目睹了無數個天地的誕生、繁華和消亡，卻依然是有抱負的青年。

是的，我們年輕，且充滿熱望，然而，我們卻孤獨無伴。我們相聚，並緊緊地擁抱，然而，卻不感到愜意。這壓抑的熱望和欲望何時才能令人舒暢？

哪位火焰之神能溫暖我姊妹的寒床？

哪位甘霖之神能澆滅我兄弟的烈焰？

我比他們更慘，哪個女孩能占據我的心房？

在夜的沉寂之中，我的姊妹在夢中喃喃地呼喚著不知名的火神，給她帶來溫暖；我的兄弟也在呼喚甘霖之神，給他帶來涼爽；而我卻不知該向誰呼喊！

我發誓，我確實不知道，我確實不知道。

我端坐在我的高山兄弟和我的大海姊妹之中。我們三人同是孤獨者，是深沉、強烈，而奇特的愛，把我們連在一起。

小草和秋葉

一株小草對一片秋葉說：「你落下來時聲音很大，打斷了我冬天的美夢。」

秋葉憤憤地說：「你這個出身卑賤、說話粗魯的傢伙，你遠離大自然的音樂，成天與垃圾和塵埃在一起，連歌唱和貓叫都不能辨別，哪來的美夢啊？」

秋葉說完便在大地上躺下，進入了夢鄉。春天到來時，秋葉從睡眠中醒來，變成一株小草。

伴隨著秋天的到來，小草漸漸進入冬眠。秋葉被風吹落。面對漫天散落的秋葉，小草暗自嘀咕：「該死的秋葉，你們落下來時聲音這麼大，攪亂了我的冬夢。」

眼睛

一天，眼睛對它的感官姊妹說：「我看到這山谷的那邊有一座雲霧彌漫的高山。啊，那山該有多美呀！」

耳朵仔細聽著眼睛的話，過了一會兒，對眼睛說：「你說的那山在哪裡？我怎麼沒聽見它的聲音？」

手接著說：「是啊，我也試著去感覺，或去觸摸它，但毫無結果，那裡根本沒山。」

鼻子也說：「我實在無法弄明白，哪裡有山呀？我根本就沒聞到山的氣味，它的存在是絕無可能的。」

眼睛笑著轉向另一方向。而其他感官則立即召開會議，對眼睛的謬誤展開了討論。經仔細分析後，達成如下一致意見：「毫無疑問，眼睛已經出了問題。」

兩名學者

在古代的思維之城中有兩名學者。一名是無神論者，另一名是虔誠的宗教信徒。他倆相互憎恨，相互貶低對方的學識。

有一次，兩名學者在市中心廣場上相遇。於是，他倆及其各自的弟子就神的存在與否展開了一場激烈的辯論。經數小時的唇槍舌劍，他們各自離去。

就在那天晚上，無神論者來到聖殿，他跪倒在祭臺前，乞求神饒恕他的迷惘和狂妄的過去。從這天起，他變成了宗教信徒。

也在那天晚上，那虔誠的宗教信徒將他的聖典全部付之一炬。從這天起，他變成了無神論者。

當我的惆悵降臨時

當我的惆悵降臨時，我用關懷的奶水哺育它，用憐愛之心安撫它。猶如其他生命一般，惆悵日漸生長，它強壯美麗，充滿了喜悅和歡快。

我愛我的惆悵，我的惆悵也愛我。同時，我們倆也愛著我們周圍的世界。因為惆悵是我心的善良夥伴，我心因為它的存在也變得溫和善良。

當我與惆悵交往時，竟感到白晝像插上了翅膀，連夜晚也充滿了夢幻。那是因為，我的惆悵是那樣的健談。由於惆悵的存在，我也變得能言善辯。

當我與惆悵一起歌唱時，我們的鄰居倚窗聆聽我們的歌唱，因為我們的歌聲猶如大海一般深沉，又充滿著奇妙的回憶。

當我與惆悵一起散步時，別人用愛憐和欽佩的目光注視著我們，用甜蜜而細膩的語言議論我們。也有人的眼光流露出嫉妒。因為惆悵原本就是一種受人稱道的美德，我為它感到自豪。

然而，如同其他生命一般，惆悵死去了，只留下我獨自一人在世上沉思凝想。

現在，當我說話時，連我的耳朵也會感到我聲音的沉重；我唱歌時，鄰人也不再前來聆聽；我漫步街頭，也無人再來關注。唯獨能使我感到安慰的是，在夢中聽見一個聲音傷感地說：「看吶，這裡躺著的人，他的惆悵已經死去。」

當我的歡樂降臨時

當我的歡樂降臨時，我把它緊緊抱在懷裡，站在屋頂上大聲叫喊：「我的鄰居、我的朋友，快來看吶，今天我的歡樂降生了。快來看這正對著太陽歡笑的我的歡樂。」

我感到詫異，竟沒有一個鄰居前來看我的歡樂。

接連七個月，我每天清晨和傍晚都要到屋頂上向世人高喊，炫耀我的歡樂。然而，卻依然無人理睬我。於是，我與我的歡樂成了無人問津的孤獨者。

就這樣，一年過去了，我的歡樂對如此生活感到厭倦，它漸漸變得憔悴、顯出病態。只有我的心依然滿懷著對它的愛，與它一起跳動，只有我還在親吻它的雙唇。

我的歡樂終於在孤獨中走向死亡。如今，只有追憶起我惆悵的那一刻，我才會想起我的歡樂。

這回憶猶如一片飄忽在空中的秋葉，瞬間便被永久地深埋在沙土之中。

完美世界

在眾神之中游弋的迷惘靈魂之神呵，請聽我說，守護著我們狂亂漂泊的靈魂的仁慈命運呵，請聽我說：我、一個被扭曲的凡人，我、一朵迷惘的星雲，在完美無缺的人的世界裡遊蕩。這裡的人民，他們法律健全，秩序純正，思維條理清晰。他們的夢幻井然有序，他們的觀點被註冊登記。

主呵，這些人，他們的美德有規有矩，他們的罪惡得到公正評估。甚至那介於罪行和美德之間難以計數的平凡瑣事和錯誤過失，也被記錄在冊。

他們劃晝夜為有序，行事皆有時令。

吃飯、喝水、睡眠穿衣，乃至倦意、煩惱，均發生於規定的時間。

勞動、娛樂、唱歌、跳舞，然後在規定的時間裡休息。

這樣的思考，那樣的感受，然後，當星辰在遙遠的天際升起時，停止思考與感受。

帶著悅人的微笑搶劫鄰人，用期盼讚揚的手施捨，巧妙的讚許，委婉的責備，用親吻殺死一個靈魂、焚燒一具屍體，然後在傍晚洗淨雙手就好似什麼也未曾發生。

傳統模式的愛，有著預定程序的歡愉，合理而又得體的膜拜，以迷惑和狡詐對付魔鬼和叛教者，然後忘卻一切，讓記憶如同魯莽者的夢幻一般。

懷著憧憬地想像，認真地遐思，理智地歡欣，小心翼翼地受苦，然後端著倒空希望的杯盞，期望著日月再次為它斟滿。

主啊、主，所有這一切經謀畫而孕育，有了決心才獲降生，經精心護理才能得以成長壯大，這一切受制度所約束、受理念所控制。然後，被毀滅、被埋葬於靈魂寂寥的深處。而這些被打上印記、編上號碼的墳墓，對我們、對萬物來說，卻永遠是一種殷鑒。

是的，這就是完美的世界，它已達到完美的極限。這是上帝之天堂中最為成熟的果實，是上帝之國中最高尚的世界。但是，我為什麼還在這裡，主啊？我是一枚激情尚未勃發的未熟之果，我是一股不知刮向東方還是西方的無聲的強大風暴，我是來自燃燒星球的一粒徬徨的塵埃，我為什麼在這裡？

我為什麼在這裡？游弋在眾神中的迷惘靈魂之神呵，我為什麼在這裡？

先驅

你是你自己的先驅

朋友，你是你自己的先驅，你在生活中建造的塔僅是你大我的根基，這個大我同時又成為他人的根基。

和你一樣，我也是我自己的先驅，因為日出時展現在我面前的影子，到了正午就將收縮到我足下；等到下一個日出，影子將再次在我面前伸展，然後又將在正午收縮至我足下。

自古以來，我們就是自身的先驅，我們還將永遠是自身的先驅。我們一生所採擷的，只是將被播撒在尚未耕耘之土地上的粒粒種子。我們是田地，又是耕耘者；我們是果實，又是收穫者。

朋友，你是徬徨於霧靄中的一種思想，我也與你一樣徬徨其間。我們相互尋找著對方，在我們的渴望中有著夢幻，那夢幻就是無羈的時光，那夢幻就是廣闊無垠的宇宙。

你是生命顫抖雙唇間的無聲話語，我也與你一樣，是那雙唇間的默語。一俟生命將我們道出，我們便懷著回憶昨天、嚮往明天的心來到這一世界。昨天是被拋棄的死亡，明天是被希冀的新生。

如今我們同在上帝之手，你是祂右手上璀璨的太陽，我是祂左手上被照亮的地球。但是，你這發光的力量並不比我求助發光的力量更強。

太陽、地球，僅僅是更大太陽和更大地球的起點，而我們也永遠只是我們的起點。

你是你自己的先驅，是經我這門匆匆而過的陌生客。我和你一樣，也是自己的先驅，儘管我端坐在我樹的陰影下，顯得那般寧靜。

小丑

很久以前，一個男子從沙漠來到偉大的法律之城。他是一個小丑、幻想家，他所有的家產就是身著的衣衫和手上的木棒。

他行走在街上，望著聖殿、高塔、宮殿，臉上露出了驚歎與崇敬的神色。法律城是一座美麗無比的城市。他不斷向人家詢問這座城市的情況和奇觀。可是誰也不懂他的語言，同樣他也無法聽懂他們的語言。

中午時分，他來到一座大飯店前。這飯店設計得別致典雅，熙攘的人群進出飯店，不受任何阻攔。

小丑暗忖道：「這肯定是一座聖殿。」於是，他也隨著人潮走了進去。

他簡直不敢相信，眼前竟是一間豪華的大廳。男男女女的頭面人物正圍坐在一張張精製的餐桌前進餐，樂隊在為他們演奏美妙的樂曲。

小丑心想：「我一定走錯地方了，這哪是膜拜呀，分明是王子為某一喜慶在宴請他的民眾。」

這時，一個男子走近他。他以為這人是王子的僕人。男子讓他坐下，並端來了肉、酒和精緻的點心。小丑美美地飽餐了一頓。

酒足飯飽之後，小丑起身告辭。在門口，一個穿著考究的胖男人攔住了他的去路。

小丑心想：「這一定是王子本人了。」於是，他馬上躬身施禮，用他自己的語言表示感謝。

胖男人用這城市的語言對他說道：「你用了中餐，還沒付錢呢！」

小丑沒聽懂，他再次向胖男人表示由衷的感謝。胖男人細細打量了他一番，然後緊盯著他的臉，須臾才明白，這是異鄉人。胖男人從小丑襤褸的衣衫上斷定他是個窮光蛋，肯定付不出錢。於是他擊了一下掌，又喊了一聲，頃刻間來了四個護城衛士。他們跪拜在胖男人的腳下，聽完他對小丑的描述。就一邊兩個夾著小丑把他帶走了。小丑看著這幾個人的衣著氣派，實在高興極了，他想：「毫無疑問，他們肯定是這城市裡的上等人。」

衛士一直把他帶到法院。走進法庭，小丑發現正中間有一個高貴的男人，他端坐在高高的座椅上，散落在胸前的白色鬍鬚使他威嚴倍增。小丑心想，這人肯定是國王了，他為自己有幸拜見國王而欣喜。

衛士向法官遞上訴訟狀。法官立刻指派兩名律師，分別代表原告和小丑。兩名律師先後起身發言，站在各自所代表的立場上加以辯護。

至於小丑呢，他還以為他倆在代表國王向他表示歡迎，面對國王和王子的盛情，他心裡充滿了感激之情。最後，法官宣讀審判結果：「判被告胸掛書有罪名的牌子，由號手和鼓手開道，騎禿馬在全城示眾。」

判決立刻執行，騎著禿馬的小丑在號手和鼓手的開道下遊街示眾。城裡的居民聞聲趕來，望著小丑的怪模樣，一個個都禁不住大笑起來。孩子則緊跟在小丑的後面滿街跑，看熱鬧。

面對這種情形，小丑的雙眼光彩洋溢，既驚詫又高興。他認為，這胸前的牌子是國王恩賜給他的勛章，以表示國王對他的祝福和歡迎，而騎馬示眾乃是迎客的最高禮儀。

正當他騎著馬被眾人圍觀的時候，他在人群中看見一個從他那個部落來的貝都因人。他高興地朝他大聲嚷叫起來：「朋友，以主的名義，請告訴我，我們現在在什麼地方？這不就是那座被我們的長者稱之為心的奇蹟之城嗎？它的人民豪爽慷慨，為陌生客的到來在王宮舉行盛宴，並由王子親自作陪，國王還在客人的胸前掛上勛章，為客人敞開這降自天宇的城市之大門。」

貝都因人沒吭聲，只微笑著搖搖頭。

遊街的隊伍繼續前行，小丑高昂著頭，眼裡閃爍著光芒。

愛

人家說，胡狼和雄獅同飲小溪水，
人家說，兀鷹和鷲同啄一具屍體。
他們相安無事。
啊，公正的愛情，
是誰用你萬能的手駕馭著我的欲望，
讓我的飢餓和乾渴化為自尊和驕傲？
不要讓剛毅的力量騷擾我，
讓我去飲食會引誘軟弱自我的美酒與麵包，
還是讓我伴隨飢餓度日，
讓心永遠燃起乾渴的火焰，
讓我死亡，讓我毀滅。

我寧死也不願將手伸向那——
未曾被你斟滿、未曾被你祝福的杯盞。

隱居的國王

有人告訴我，在群山懷抱的森林裡住著一個年輕人。據說他曾是兩河流域一個泱泱大國的國王。他完全是出於自願離開王位、離開了他那足以為之驕傲的土地，來到這裡棲身荒野。

我對自己說，我一定要去尋找那個人，一定要去探究他心中的祕密，因為願意捨棄王位的人肯定比做國王的人更加偉大！

於是，我很快來到了他居住的那片森林，只見他正坐在柏樹下，宛如握著權杖那樣，手持一截竹竿。我像對國王行禮一般向他施禮。他也向我回禮，然後親切地對我說：「朋友，你怎麼也來到這偏僻的森林，是否為了在綠蔭中尋覓失落的自我？抑或是白晝辛苦勞動之後回歸故里？」

我回答說：「不，我只想找你，想探究你為什麼捨棄大國的王位來這無人知曉的森林？」

他說：「我的故事非常簡單。我的狂妄自負如同泡沫瞬間不復存在，讓我對你從頭說來。

「有一天，我坐在王宮的窗前，大臣陪著一個外國使節在花園裡散步。當他倆走近我的窗口時，我聽見大臣正在談論他自己，他說：『我像國王一樣，最喜歡喝陳年老酒，嗜好各種賭博，並且像國王一樣急躁易怒。』他倆邊走邊談，消失在樹叢中，不一會兒重又折了回來。這次，大臣在談論我，他說：『國王像我，是一位好射手，並喜愛音樂，和我一樣，每天沐浴三次。』」

國王停頓了一下，接著又說：「那天黃昏，我隻身離開了王宮，隨身只帶了一件披風，因為從那時起，我已不想再成為眾人之王，他們把我的缺點攬為自己，而把他們的優點全歸於我。」

我說：「你的故事真有點怪。」

國王答道：「我的朋友，沒什麼可感到奇怪的，你已敲開了我寂靜的大門，渴望著得到許多，然而你得到的卻並非很多。你說，誰不願將王國換取這四季如歌、永遠充滿喜悅的森林？多少人捨棄了他們的王國，只願在甜蜜的獨居中得到起碼的寧靜。多少隻兀鷹從高空降落與鼴鼠為伍，生活在無聲的洞穴裡，期望通曉大地的奧祕。多少人捨棄了他們的夢幻王國，為了讓人感到他們並沒有遠離無夢的人群。多少人捨棄了他們赤裸的王國，遮掩起他們的靈魂，為了讓自由人目睹赤裸的真理和美色而不感到羞怯。更偉大的是，那捨棄了悲哀王國的人，別人再也看不到他為惆悵而自豪。」

他倚著竹杖站起身，接著說：「現在你可以回城裡去，站在城門口觀察所有進出的人。那時，你會發現儘管有人有當王的相貌，卻並不擁有王國；有人肉體雖然被奴役，卻是自身精神的主宰，然而，他自己以及他的熟人對此並未覺察；有人看起來是個統治者，實際上只是自己奴僕的奴僕。」

說完，他看著我，唇間綻露出一千零一個黎明留下的微笑。接著，他轉身隱沒在叢林深處。

我回到城裡，佇立在城門口，像他吩咐的那樣，注視著進進出出的行人，從那天起一直到今天，多少個君王的身影在我身邊掠過，而被我的身影掠過的臣民卻少得可憐。

罪惡的淵藪

那守護著大海七穴的母龍這樣唱道：
「踩著海浪，我的夥伴將來到我身旁，
他雷鳴般的咆哮聲將使大地充滿恐懼，
他鼻中噴出的火焰將在天際燃燒，
在月食時我們將結為夫妻，
在日食時我將生下又一個聖·喬治，
是他，日後將我殺死。」
守護著大海七穴的母龍如此唱道。

獅子的女兒

老女王睡在王位上鼾聲不斷，四個奴僕站在旁邊不停地為她扇風。老婦的懷裡有一隻貓，貓喵喵地叫著，向奴僕投去厭惡的目光。

第一位奴僕說：「看這老嫗睡著時有多醜！她耷拉著雙唇，吃力地呼吸，就像是被魔鬼卡住了喉管似的。」

貓喵喵叫著，說：「她睡相難看，但只不過是你們這些醒著奴隸醜態的一半。」

第二位奴僕說：「奇怪的是睡眠並沒有善待她的容貌，卻加深了她的皺紋，她肯定是噩夢纏身了。」

貓喵喵叫著，說：「最好你們也去入睡，去夢見你們的自由！」

第三位奴僕說：「也許她正夢見所有被她殺害的無辜生靈列隊向她走來。」

貓喵喵叫著，說：「是啊，她正夢見你們的祖先和後代列隊行進。」

第四位奴僕說：「你們犯什麼傻呀，談論這睡著的老嫗有何意義？難道它能減輕我站著扇風的疲勞？」

貓喵喵叫著，說：「是啊，你們將永牛永世為人扇風，那是因為天上的情形和地上毫無差別。」

這時，老女王挪了挪身子，頭上的王冠落到了地上，一個奴僕說：「這是不祥之兆呀！」

貓喵喵叫著，說：「一個人的凶兆對另一個人來說就是吉兆。」

第二位奴僕又說：「如果她現在醒來，看見王冠掉在地上，肯定會把我們全部處死。」

貓喵喵叫著，說：「傻瓜，事實上自你們出生之日起，她就在殘殺你們，只不過你們不知道罷了。」

第三位奴僕說：「是的，她肯定會殺死我們，並以此來祭拜她的神靈。」

貓喵喵叫著，說：「只有弱者才會被拿來祭神。」

第四位奴僕沒再出聲，他小心地從地上撿起王冠，輕輕地把它戴在女王頭上，沒把她驚醒。

貓喵喵叫著，大聲說：「我要對你們宣布一條真理：唯有奴隸才會去撿掉落的王冠。」

過了一會兒，女王醒了，她打著哈欠看了看四周，然後對她的奴僕說：「我好像做了一個夢，夢見一棵老橡樹的樹幹上有一隻蠍子，正追逐著四條小蟲。這是個令人不快的夢！」

說完，她又合上眼，呼呼大睡起來。四名奴僕又像往常一樣繼續為她扇風。

貓喵喵叫著，說：

「扇吧，扇吧，愚昧無知的蠢蛋。你們扇的乃是吞食你們的火焰。」

聖徒

我年輕的時候，曾到深山裡的茅庵拜訪過一位聖徒。當我們正談論著美德的本質時，一名竊賊沿著山路向我們踉蹌走來，他看起來已經十分疲憊。他走進茅庵，跪拜在聖徒面前，對聖徒說：「仁慈的聖者，我來你這兒，以求得心的寬慰，我的罪孽壓在我的頭上成了重負。」

聖徒答道：「我的兒呵，我的罪孽也已成為我頭上的重負。」

竊賊說：「求你寬恕了，我是竊賊、是強盜。你怎麼可能和我一樣呢？」

聖徒答道：「你錯了，我的孩子呵。我真的和你一樣，也是竊賊、是強盜。」

竊賊又說：「你說什麼，我的主人？我是殺人犯，許多人的血在我耳邊鳴冤叫屈。」

聖徒答道：「我也是殺人犯，在我耳邊也有許多人的血在呼喚。」

竊賊說：「我的主人，我犯下了數不清的罪孽，你是虔誠的聖賢，怎麼會和我一樣呢？」

聖徒答道：「倘若你瞭解我的罪孽，你那罪孽就算不了什麼了。」

竊賊直起身，疑惑不解地久久凝視著聖徒，然後悄然離去。

我一直沒作聲。良久我才轉身問聖徒：「你為什麼要為自己杜撰如此多的罪孽，你不想想，此人以後再也不會相信你的祈禱、相信你的布道了。」

聖徒回答說：「是的，你說得很對，他不會再相信我，但是，他走的時候，心裡卻充滿了安慰。」

就在這時，我們聽到遠處傳來那竊賊的歌聲。這溢滿著喜悅和寬慰的歌聲，在山谷中久久地迴盪。

貪婪

我漫遊四方的路途中，在一個不毛之島上看見一個怪物，牠長著人的頭，四肢卻是鐵的。這怪物一刻不停地啃著泥土，飲著海水。我站在旁邊看著牠。良久，我才走近牠，問道：

「你還吃得不夠嗎？你的飢渴是否從未有過緩解的時候？」

那怪物答道：「不，不，我已經滿足了，對吃喝我已感到厭倦，但是，我怕明天不再有泥土可食、不再有海水可飲。」

大自我

朱拜伊勒國[1]的國王努夫西巴爾勒在加冕典禮之後，回到自己的宮室。這座宮殿是由隱居深山的巫師為他建造的。國王摘下王冠，脫下御袍，站在宮室中央，沉浸在自我陶醉之中，想到自己成為朱拜伊勒國君主，他深感無比的偉大。

在宮室正前方，掛著一面銀框鏡子，這是他母親送給他的。他朝鏡子望去，鏡子裡正走出一名赤身裸體的男子。

國王驚愕不已，對著這男子大聲發問：「你要幹什麼？」

男子回答說：「國王，我只想要你告訴我，大家為何要立你為王？」

國王說：「他們立我為王，是因為我是他們中最高貴的男人。」

男子說：「你若比你現在更加高貴，就絕不可能成為國王。」

國王答道：「他們立我為王，是因為我比任何人都勇敢、更有才幹。」

男子說：「你如果真比別人勇敢，就絕不可能成為他們的國王。」

國王回答說：「我的臣民立我為王，是因為我比他們更有智慧。」

男子說：「倘若你比你現在更有智慧，就絕不可能成為國王。」

這時國王突然摔倒在地，痛哭起來。赤裸男子用滿懷同情和憐憫的眼神望著他，為他的無知和高傲深感遺憾。然後，赤裸男子從地上撿起王冠，輕輕地把它戴在國王低垂的頭上。

接著，他又充滿憐愛地看了看國王，走進鏡子。

國王迅速奔向鏡子，他看到的只有戴著王冠的自己。

1 朱拜伊勒國：古代王國，位於黎巴嫩沿海，據說曾在那裡發現人類最早使用的六個字母。

戰爭與弱小民族

草原上，一頭綿羊和一頭小羊正在吃草。天空中有一隻兀鷹在盤旋，牠飢餓的雙眼緊盯著小羊，尋找著襲擊的機會。正當兀鷹朝獵物俯衝而來時，另一隻鷹飛了過來，開始在綿羊和小羊的上空飛來飛去，和牠的同類一樣心中懷著貪婪。

兩隻鷹碰在一起便廝殺開了，天空中迴響著牠們恐怖的鳴叫。

綿羊抬起頭，茫然望著，然後轉身對小羊說：「看吶，我的孩子，兩隻如此高貴的鳥兒，怎麼竟會大動干戈，你說奇怪不奇怪？難道牠們竟不感到羞恥？如此遼闊的天空足夠牠們相安無事地和平共處。祈禱吧，我的孩子呀，從心裡祈求上帝，求祂為長著翅膀的兄弟降下和平。」

於是，小羊從心底裡祈禱起來。

批評家

一天傍晚，一名旅人騎著馬行走在通往海堤的路上。他來到一家旅店前，像許多想去海邊的人一樣，他不僅對夜十分放心，對人也持充分相信的態度。下馬後，他便將馬拴在店門前的一棵樹上，然後隨著人群走進旅店。

深夜，大家全都進入了夢鄉，一個小偷偷走了旅人的馬。

早晨，旅人起床後，匆匆來到拴馬的地方，發現馬不見了。他到處尋找，毫無結果，終於意識到馬是被人盜走了。他為失去馬而痛惜，但是，他更為有人竟還心懷偷念而悲痛！

大家聽說此事後，也都在他身邊議論開了。

第一位說：「你真傻，怎麼能把馬拴在馬棚外面呢？」

第二位說：「我真搞不懂，你為什麼不把馬腿捆起來呢？我說你這麼做當然很蠢！」

第三位說：「騎馬去海邊旅行本身就是蠢事。」

第四位說：「我想，只有手腳笨拙的白癡才備有馬。」

旅人對這幫人事後大放厥詞感到大惑不解。他終於面帶慍色，對他們說：「各位朋友，我的馬被偷了，你們卻一個個口若懸河，競相數落我的過錯。令我不解的是，你們既然有如此伶俐的口才，為何不對盜馬的小偷有半句譴責之言呢？」

詩人

四個詩人圍桌而坐，桌上放著一壺酒。

第一個詩人說：「我似乎已經看見那酒的芬芳在空中彌漫，就像一群飛鳥在神奇的森林穿梭。」

第二個詩人抬起頭，說道：「我用耳朵聆聽這鳥兒的歌唱，纏綿的歌聲已擄走我的心靈，猶如百合花用花瓣縛住蜂兒一般。」

第三個詩人閉著眼，高高抬起雙臂說：「我彷彿已用手摸到，感覺到了牠那翅膀拍打的聲響，像是酣睡的仙女輕輕對著我的臉呼氣。」

這時，第四個詩人站起身，用雙手托起酒壺，說：「各位朋友，我目力不濟，雙耳失聰，感覺也遲鈍，因此無法看見這酒的芬芳，也聽不見它的歌唱，更體會不到它的翅膀在拍打。我所感覺到的只有這酒的本身。為了喚醒我那遲鈍的感官，為能使我的靈魂在你們崇高的祝福下，伴隨著無瑕的智慧燃起熊熊烈焰，我想，我應該把這酒喝下去。」

說完，他把酒壺舉到唇邊，仰頭飲盡美酒。

那三個詩人咧著嘴，驚愕地望著他，目光裡充滿了焦渴和憤怒。

風向標

風向標對風說：「讓上帝詛咒你吧，你實在太討厭，太令人乏味！你就不能不對著我的臉刮嗎？你難道不明白，正是你攪亂了上帝賜予我的寧靜？」

風沒有回答，卻在空中大笑。

阿拉杜斯王

有一天，阿拉杜斯城的耆老謁見國王，請求他頒布法令，禁止在城裡飲酒。國王心裡暗自發笑，根本沒有搭理他們，轉身離去。

耆老沮喪地退了下去。

在宮殿門口，他們碰上了國王的大臣。這大臣以狡詐聞名。大臣看他們一個個心灰意懶的樣子，便也猜到了個中原委，大臣說：

「朋友，你們沒有碰到好運，要是你們來的時候正碰上國王酩酊大醉，定可滿意而歸。」

我的信仰之鳥

從我內心深處飛起一隻鳥，牠翱翔於天際。每當牠飛向天空，就會變得越來越大，飛得越來越高。最初，牠像燕子，慢慢的，又變成一隻雲雀，然後又似兀鷹，最後似那春天不著邊際的雲彩，裝點著星光閃爍的蒼穹。

從我的內心深處飛起一隻小鳥，牠翱翔於天際。每當牠騰飛的時候，就變得越來越大。然而，儘管如此，牠依然在我心底棲居。

啊，我的信仰，我那難以駕馭的全知！

我如何才能達到你崇高的境界，與你一起觀望印刻於天空的人的優選「自我」。

我如何才能將我心底的大海化為濃霧，與你一起蕩漾於無際的天空？

那漆黑殿堂內的囚徒何以才能見到金色殿堂的蒼穹？

那果實的內核，何以才能擴張，恢復以前的形狀，將果實緊緊地包裹？

是呵，我寬容的信仰，我已被鐵製的鎖鏈緊鎖在這狹窄的牢籠裡，這骨肉製成的屏障使我與你分離，更不能與你在無盡的世界比翼雙飛。

然而，你卻能從我心中騰飛，飛向廣闊的天際。你棲居在我疼痛的心底，為此，我深感滿意和欣慰。

朝代

伊沙奈的王后此時正在分娩，國王和眾官宦坐在飛牛[1]廳裡，焦急地等待她熬過分娩的陣痛。這時，一名信使匆匆走進大廳，跪拜在國王面前說：「偉大的國王，我給陛下您、給王后、給眾臣民帶來了好消息，拜特隆國的國王、陛下的仇敵，暴君米赫拉布已經死了。」

國王和眾官宦聽後頓時歡呼起來。因為強悍的米赫拉布只要再多活一年，他肯定要侵占伊沙奈的土地，必將擄掠這裡的人民，讓他們成為他國的奴隸。

這時，御醫和接生婆一前一後走到飛牛廳。御醫向國王施禮後說道：「國王陛下萬歲，上帝賜您貴子，您的王位將由他來繼承，您對伊沙奈臣民的統治必將世代相傳。」

國王聽後喜形於色，興奮至極，因為幾乎在同一時刻不僅仇敵歸天，王位又有了繼承者，真可謂雙喜臨門。

1 飛牛：指古代亞述人信仰的飛牛神。其形為人首、牛身、鳥翅，亞述人認為人首代表思想，牛身代表毅力，鳥翅代表想像。

那時，伊沙奈城裡有一位預言家，他雖然年輕，卻敢直言。

當晚，國王下令召預言家進宮。

國王對預言家說：「你預測一下，王國今天所得王子前途如何？」

預言家立刻答道：「國王陛下請聽我真實的預言。陛下今天所得貴子乃是昨天傍晚歸天的您仇敵的陰魂轉托。死者僅寄風一宿，便再次降落大地尋得了最佳的托生之軀，他就是今天您所得的貴子。」

國王聽後大怒，氣得口吐白沫，拔出利劍親手砍下了預言家的腦袋。

日月消逝，自那時起，伊沙奈的賢達便時常暗中相告：「你沒聽說嗎?自古以來，伊沙奈就被它的敵人統治了。」

知與半知

在大河沿岸的水面上漂浮著一段木樁，上面趴著四隻青蛙。突然一個大浪沖來，將木樁沖到了河中央，木樁隨著水流慢慢向前漂去，青蛙都興奮極了，因為在水上漂流實在太有趣了，更何況以前牠們還從未遠航過。

須臾，一隻青蛙說：「兄弟，你們瞧，這木樁多神奇呀，它竟能像活的一樣朝前行進，這可是前所未聞呀。」

另一隻青蛙道：「朋友，木樁並沒走，也沒動，它並不像你想像的那樣神奇。而水往低處流，流向大海，又是極為平常的事。水載著木樁，也載著我們一齊流向低處，這是水在動。」

第三隻青蛙說：「不，你們兩個都說錯了，木樁和水都不會動，真正在動的是我們的意念，動的意念使我們對無生命物體產生動的概念。」

三隻青蛙對究竟誰在動的問題爭論起來了。爭論越發激烈，嗓門也越來越大，但意見仍然難以統一。

於是，牠們轉向第四隻青蛙，牠一直保持沉默，細心聽著其他幾位的發言，三隻青蛙這時很想聽聽牠的看法。

第四隻青蛙說道：「你們說得都對，都沒錯，動既存在於木樁，也存在於水和我們的意念之中。」

三隻青蛙誰也不願聽到如此評價，因為誰都認為自己是唯一的贏家，而其他同類則在胡說。

此後竟發生了如此怪事：三隻青蛙棄前嫌而言和，並合力將第四隻青蛙推進了河裡。

一張白紙

一張像雪一樣潔白的紙片說：「我純潔無瑕，但願我能永保純潔，我情願被火焚燒，化為潔白的灰燼，也不願讓黑色靠近我，讓髒物觸碰我。」

墨水瓶聽罷白紙這番言論，在自己黑色的心中暗暗發笑，卻不敢再靠近白紙。

彩筆聽白紙這麼一說，也不敢再靠近它。

就這樣，像雪一樣潔白的白紙保住了它的純潔、白淨，卻空空如也。

學者與詩人

蛇對金翅雀說：「你飛得多美呀！但是，你卻不能深入大地的洞穴。在那裡，生命的液漿在靜謐中顫動。」

金翅雀回答說：「是呀，你確實博才多識，是萬物之中最富有智慧的生靈，然而，你卻不會飛翔。」

蛇似沒有聽到金翅雀的答話，繼續說道：「你真可憐呀，金翅雀。你不能像我一樣目睹深邃，更不能在隱蔽的王國信步徜徉，領略它的奧祕。而我，昨天還棲身於紅寶石的洞穴，那洞穴宛如成熟石榴的內裡，微弱的光線將寶石變成火紅的玫瑰，這世上除了我之外，還有誰能目睹這一奇觀？」

金翅雀說：「你說得對，大智大慧者，是啊，除了你以外，誰也不能蜷曲在洪荒古蹟的晶瑩之上。遺憾的是，你不會歌唱。」

蛇說：「我知道一種植物，它的根盤生在地的深處，誰食用此根，就會變得比阿斯塔蒂更姣美。」

金翅雀說：「除了你，誰也不能揭示這神奇大地的思想，遺憾的是你不會飛翔。」

蛇說：「我知道在大山底下有一條紫色的小溪，誰飲用此水，就會變得如同神靈一般永恆不朽。除了我，再沒有其他鳥獸知道這條紫色的小溪。」

金翅雀說：「是呵，只要你願意，盡可像神靈一般不朽，遺憾的是，你不會歌唱。」

蛇又說：「我還知道，在地底下有一座聖殿，直至今天，尚未被考古學家發現，我每月都要去造訪一次。那是疇昔偉人留下的傑作，在聖殿的牆上鐫刻著古今萬方的種種奧祕，誰讀此銘文，就能如同神靈一般通曉萬物、無所不知。」

金翅雀說：「是呵，親愛的賢哲，你如願意，定可用你柔軟的身軀去包容歷代的知識，可是，遺憾的是你不會飛翔。」

這時，蛇終於感到厭煩了，轉身游進洞穴，並暗自咕噥道：「沒頭腦的聲伎，真該詛咒！」

金翅雀大聲唱著，朝遠處飛去：「遺憾呀，你不會歌唱，遺憾呀，我的賢哲，你不會飛翔。」

價值

一個男子在田裡耕作的時候，挖到一尊精緻的大理石雕像。他帶著雕像來到一位骨董愛好者那裡，請他鑒賞。骨董愛好者用最高價買下雕像。事後，兩人分手上路。

賣家在回家的路上暗自思忖著：「這麼多錢能為生活帶來多少精彩呀！真的，令人費解的是，竟有人願意以如此鉅款換取一塊在地底下埋了千年、甚至無人夢見又毫無活力的頑石？」

幾乎是在同一時刻，買家端詳著雕像，也在心裡暗暗說：「多美而又多麼生動的形象呀！這高雅心靈的夢境究竟屬於誰？在無聲的地下世界酣睡了千年，今天，是我，又賜你青春。我實在不明白，怎麼竟有人會將這稀世珍寶換取微不足道的幾文臭錢?!」

另外的海洋

一條魚對另一條魚說：「在我們這個大海之上還有另一個大海，那海裡有各種各樣的生物，如同我們在這裡一樣，牠們在那個海洋裡暢遊。」

另一條魚回答說：「這是幻想，純粹是幻想。親愛的，你難道不知道，任何生物只要離開我們的大海——哪怕只有一個基拉特[1]，在外面待上一會兒，就會立刻死去。你說在另外的海洋裡也存在生物，有何證據呢？」

1 基拉特：長度單位，一基拉特等於二・八三公分。

懺悔

在漆黑的夜晚，一個男子溜進鄰居的院子，揀了一個最大的西瓜把它偷回家裡。打開瓜一看，原來這個瓜還未熟透。這時他突然良心發現，後悔莫及，為自己偷瓜的行為深深地懺悔起來。

臨終者與鷹

且慢，你別再喧嚷，我的朋友！
不久，我將為你留下這破損的東西，無端的爭論已使你的毅力耗盡。
我不願讓你的飢餓再等待片刻，因為這桎梏雖然來自乾渴，砸碎它卻談何容易。我求死的欲望——最強烈的欲望——好像被求生的願望——最弱的願望——用鎖鏈絆住。
朋友，請原諒，我步履緩慢。
是記憶緊攥著我的靈魂，往事重又浮現，再見流逝的歲月。
是在夢中度過的昔日青春時光。
是展現在我面前的一張臉龐，它命令我的眼瞼不要閉上。
是灌入耳際的聲響，那回聲仍在耳邊迴盪。
是撫摸著我手的另一隻不被看見的手。
朋友，請原諒，你已等待太久。

現在，時間已近，一切都已消失，一切都已成為虛幻：那臉、那眼、那手，還有伴隨而來的霧靄。

結扣已經解開，繩索已經斷裂，那既非食物又非飲料的東西已經遠離。

我飢餓的朋友，你快快走近，餐桌已經擺定，食物雖不豐盛，卻是愛的奉獻。

來吧，快用你的嘴啄我的左側，銜出這籠中的小鳥，牠從此不會再鼓起雙翼，你要帶著牠飛向玉宇。

來吧，我的朋友，快來到我的身邊！

今夜，我為你做東，歡迎你，我親愛的貴賓。

在我孤獨的背後

在我孤獨的背後還有更遠的孤獨，與其相比，我的孤獨竟是擁塞著熙攘人群的都市廣場；與其相比，我的靜默竟是喧囂和嘈雜。

我年輕，還在猶豫徬徨，無法進入那更遠的孤獨。

那山谷的樂律在我耳邊鳴響，

那山谷的陰影遮擋著眼前的去路，

我怎能到達那崇高的孤獨？

在那山巒的背後是愛和美的叢林。

我的沉默和居於其間者相比竟是無聲的風暴，

我對它的迷戀竟是錯覺和虛幻。

我年輕，還在猶豫徬徨，我怎能到達那神聖的叢林？
嘴裡仍然留著血腥，
手中握著父輩的弓箭，
我怎能到達那崇高的孤獨？
在被羈縛自我的背後有我放縱的自我。
與其信仰相比，我的夢幻只是黑暗中的廝殺，
與其嚮往相比，我的企盼只是骨骼鬆散的響聲。

我年輕，依然卑微而屈尊，
更難構建自由的自我。
是呵，在還未殺死所有被奴役的自我、為靈魂報仇之前，
在芸芸眾生尚未獲得自由之前，
我怎能構建自由的自我？
是呵，我的根鬚還未在黑沉沉的大地中枯萎，
我的葉片又怎能在風中飛旋放聲歌唱？

是呵，我的雛鳥還未離開我精心築就的小巢，
我靈魂的雄鷹又怎能迎著太陽展翅高飛？

最後的省悟

在夤夜的黢黑裡，微風帶著晨曦的芳香輕輕吹來，那先驅起身離開臥室，登上自家的屋頂。他佇立著，望著仍在黑夜靜謐之中沉睡的都市。良久，他抬起頭，彷彿沉睡人不眠的靈魂已經聚集在他的身邊，他張開嘴，對他們說道：

「各位兄弟、各位鄰里，還有每日路經我家門的行人，在你們的沉睡中，我要和你們交談，在你們夢幻的谷地，我要赤身裸體地漫步。你們醒著的時候比你們熟睡時顯得更漫不經心，即便是喧嘩的聲響，你們仍可充耳不聞。

「我深深地愛著你們，我愛你們每個人，猶如他是你們全體；我愛你們全體，猶如全體就是那一個人。正值我心春天時，我在你們的花園裡歌唱；正值我心夏天時，我為你們的穀場站崗。

「是呵，我愛著你們全體，無論是病者還是健康人，更沒有高貴和低賤之分。我也愛著夜間探路的行人，愛著白天在山岡起舞的人。

「我愛你呀，強者，儘管你的鐵蹄曾在我的肉身上留下印記。

「我愛你呀，弱者，儘管你已使我的信仰枯竭、使我的耐心不再。

「我愛你呀，富人，儘管你的甜蜜在我口中已變為苦澀。

「我愛你呀，窮人，儘管你已知道我的赤貧和囊空如洗。

「我愛你呀，模仿派詩人，你在鄰里的吉他上用你盲目的手指撥彈，我愛你，愛你的慷慨和風雅。

「我愛你呀，學者，你為搜集陶工田地裡的腐爛屍衣耗盡了畢生精力。

「我愛你呀，牧師，你端坐在昨日的寂靜之中，卻探尋著明天的命運。

「我愛你呀，視自身願望的影子為神祇的膜拜者。

「我愛你呀，女人，值得同情的熬夜女人。

「我愛你呀，健談者，我在心裡對你說：『生活中要說的實在太多、太多，你就說吧！』

「我愛你呀，不會說話的啞巴，我在心裡對你說：『但願我能聽見你靜默中的言語。』

「我愛你呀，法官和批評家，然而，當你們看見我被釘在十字架上的時候，你們卻說：『他血管裡流出的血該有多溫柔，他潔白肌膚上的血跡構成的圖案該有多美麗。』

「是呵，我愛你們，愛你們全體，無論老少！

「我愛你們顫動的蘆葦，也愛你們高大的橡樹。

「可是，遺憾呀，我溢滿對你們憐愛的心，卻已被你們的心替代。

「因為，你們雖能從酒杯中啜飲愛的醇醪，但不敢到洶湧的大河中暢飲。

「你們雖能聽見愛的耳語，然而，當愛大聲呼喚時，你們卻將耳朵塞住。

「當意識到我平等地愛著你們所有人，你們便會說：『馴服他的心實在容易，而理解他的行為卻又實在困難，他的愛竟是飢餓乞丐之愛，揀拾食屑已成慣常，即便坐上帝王的餐桌。不，這是懦夫與小人之愛，因為強者唯強者而不愛！』

「當意識到我正深切地愛著你們所有人，你們便會說：『他的愛美醜不分，是盲人的愛。不，這是缺乏品味的愛，竟錯把酸醋當美酒。不，這是多管閒事者、假冒者的愛，陌路人怎能像父母兄妹一般對我們把愛奉獻？』

「你們說的遠不止這些。在這都市的大街廣場上，你們時常戳著我的背脊譏笑地談論我，說：『看這個老孩子，他不知時令，中午跟孩子玩耍，傍晚和老頭促膝交談，還自稱聰慧而善解人意。』

「而我，則在心中暗自思忖：『沒關係，我要愛他們，愛得更深更深。但是，我要用憤懣的外表遮擋我的愛，用憎惡掩飾我的柔情，我將戴上鐵面具、披著盔甲把他們緊緊跟隨！』

「然後，我把沉重的手擱置在你們的傷口上。如夜間的風暴，我在你們耳邊雷鳴般吼叫。

「我站在屋頂上，對著你們，向世人——法利賽人、勢利眼、偽君子宣告：世上的一切猶如泡沫，是騙局，是空寂！

「你們中的鼠目寸光之輩，我詛咒他們是盲眼的蝙蝠。

「你們中的卑賤小人，我視他們為沒有靈魂的鼴鼠。

「你們中的能言善辯者，我視他們在嘩眾取寵。

「你們中的沉默寡言者，我視他們鐵石心腸、笨嘴拙舌，對庸人俗士我則說：『死者絕不厭倦死亡。』

「你們中追求世間知識的人，我看他們正在褻瀆神祇的靈魂。被靈魂之愛、被自然界所折服的人，在我看來，猶如捕撈影子的癡人、撒向死水的網，撈起的只是他們自己笨拙的身影。

「我用雙唇對你們如此誹謗、貶斥，可是，我滴血的心卻在輕柔甜蜜地呼喚著你們。

「是呵，各位朋友、各位鄰里，這愛正被愛自身鞭笞著與你們交談。

「蒙受著失望之辱，又被失望的痛苦宰割的高傲，在你們面前舞蹈。

「對你們的愛的急切渴望，已在屋頂怒吼。

「而我的愛卻已默默地跪拜著，乞求你們的寬恕。

「可是，你們看吶，這是奇蹟：

「我遮掩起的愛已經開啟了你們的眼睛，我掩飾著的憎惡已經喚醒了你們的心靈。

「現在你們愛我了。

「唯獨被你們愛的是刺向你們心臟的刀劍，是穿入你們胸膛的利箭。

「因為你們只為自己負傷才感欣慰，只為自己鮮血釀成的玉液而酩酊。

「正如飛蛾撲向火光以求一死，你們每天聚集在我的花園，高仰著臉，犀利的目光注視著我撕碎歲月的織物。你們交頭接耳細聲談論：

「『他用上帝的目光察看，像以前的先知一樣言語，他為我們的靈魂揭開面紗、為我們的心扉打開枷鎖，猶如兀鷹熟知狐狸的行蹤那般，熟知我們的道路。』

「不，是我熟知你們的道路，就像兀鷹熟知牠的雛鷹。我滿心喜悅，為你們敞開我的祕密，但是，為了讓你們接近，我佯裝疏遠；由於生怕你們的愛香消玉殞，我把愛的閘門守護。」

先驅說完這些，用雙手捂著臉，顯得非常痛苦。他的心告訴他，赤裸而受辱的愛，遠比偽裝著去求勝的愛更加偉大。這時，他為自己感到羞恥。

然後，他猛然抬起頭，像是從沉睡中覺醒。他展開雙臂，說：「呵，夜已過去，我們是夜的子嗣。在黎明爬上山岡的時候，我們理應死去。比我們的愛更強的愛，即將在我們的灰燼中升騰，它將笑迎太陽的光輝，並將得以永恆！」

紀伯倫創作年表

一九〇四年　二十一歲　在《僑民報》上發表散文詩

一九〇五年　二十二歲　發表藝術散文《論音樂》

一九〇六年　二十三歲　出版短篇小說集《草原新娘》

一九〇七年　二十四歲　出版短篇小說集《叛逆的靈魂》

一九一一年　二十八歲　出版中篇小說《折斷的翅膀》

一九一四年　三十一歲　出版散文集《淚與笑》

一九一八年　三十五歲　出版第一部英語散文詩集《瘋人》

一九一九年　三十六歲　發表長詩《行列》

一九二〇年　三十七歲　發表散文集《先驅》，出版散文集《暴風集》

一九二三年　四十歲　出版英語散文詩集《先知》

散文集《珍趣篇》

一九二六年　四十三歲　出版《沙與沫》

一九二八年　四十五歲　出版《人子耶穌》

一九三一年　四十八歲　出版《大地之神》

遺著

一九三二年　《流浪者》出版

一九三三年　《先知花園》出版

譯後記

紀伯倫的作品，除了《先知》外，《淚與笑》也特別令人關注。《淚與笑》於一九一四年問世，但實際上收錄在《淚與笑》中的散文大都是在一九〇四年至一九〇八年間完成的，並在由阿拉伯僑民主辦的阿拉伯文報紙《僑民報》「思想」專欄（後改為「淚與笑」）上發表過的作品，因此《淚與笑》也是紀伯倫的早期作品之一。

《淚與笑》除了引子和結語外，一共載有五十二篇散文，所涉內容大多聚焦於美與愛、大自然、自由、公正等，是一位「情感青年」發自心靈的呼喚，誠如納西布·阿里道在為《淚與笑》作的序言中所言：「是紀伯倫推出的《淚與笑》改變了大家的這種思維模式，使他們第一次明白了什麼叫真正的詩人，真正的詩人用自己魔幻的手指彈撥人的心弦，讓人在醒著時聽見其靈魂在他們熟睡時發出的聲音。」

在時年只有二十餘歲的紀伯倫眼裡，整個人類世界無處沒有笑、無處沒有淚，整個世界就是各種不快和各種歡欣的交織，「我願意我的生命一直伴著淚與笑」（〈引子〉），而《淚與笑》中的每一篇美文就是作者伴著淚、含著笑的悠然心曲，抑或是極富靈性的紛繁思緒。

細品《淚與笑》中的散文，透過淚和笑體悟到的是紀伯倫的博愛，以及由此大愛所延伸出的對大自然的謳歌，如〈組歌〉之「浪之歌」、「雨之歌」、「花之歌」；對生命和死亡的頌讚，如〈愛的生命〉、〈死之美〉；對自由和幸福的追求，如〈孩童耶穌和童愛〉、〈我的朋友〉；對窮人和弱者的憐恤，如〈陋屋與宮殿之間〉、〈兩種死亡〉、〈我的朋友〉；對破壞大自然的鞭韃，如〈田野哭聲〉、〈靈魂祕語〉；對貪婪與富人的譏諷和抨擊，如〈死人城〉、〈昨日與今日〉等。

無論是在《淚與笑》，還是在《先知》或其他作品中，愛、美和生命是紀伯倫始終不變的主旋律，他甚至賦予愛以生命，用擬人法，讓愛自主發聲，讓讀者直面愛，聽到愛對大自然的呼喚：「春呵，心愛的，讓我們一起在野外散步，冰雪已經融化，生命已經從睡夢中甦醒，蹣跚於河谷與高坡，來吧，和我一起追尋春天在無際田野留下的足跡，快來啊，讓我們攀上高地，遠眺原野上起伏的綠浪。」、「夏……快來啊，我的情侶夥伴，讓我們以草地為床，以藍天為被，頭枕一捆鬆軟的稻草，在一天的勞累之後放鬆身心，傾聽著河谷溪水夜間的密談。」、「秋呵，親愛的……快來啊，鳥兒已經飛向海岸，帶走了園林中的溫馨，留給茉莉和田菁的只是一片孤獨，為此，它們將殘留的淚水灑向了大地。」、「冬呵，我一生的伴侶……快給燈添點油吧，它已行將熄滅。把燈放在靠近你的地方，讓我看看歲月在你臉上的刻畫；快給我遞上酒罐，讓我們飲著酒一起把青春回望。」這是《淚與笑》的第一篇〈愛的生命〉中的片段，作者將愛和生命與處處孕育著美的大自然融為一體，讀者第一時間領略到的就是大自然的美，而令人叫絕的是呼喚著這美的竟是愛。這就是紀伯倫的終生追求——愛、美、大自然。

從抒情的角度看，毫無疑問〈組歌〉是最為精彩的，尤其是「一支歌」、「浪之歌」、「雨之歌」，和「美之歌」。那「一支歌」是深藏於人心深處、不願入俗的心曲，其純潔猶如神的歌、其私密猶如愛的曲，只有當人遠離俗流時才能聽見，「這歌，靜謐的熱量使它蒸發，嘈雜的聲響使它隱身，夢幻使它再次唱響，甦醒又使它銷聲匿跡。世人呀，這就是一首愛的歌曲，哪位以撒能將它頌唱、哪位大衛又能將它吟詠？它比茉莉花更加馨香，誰的音喉能將它模仿？它的祕密堪比少女的隱私，哪根琴弦又敢將它撥彈？」委婉極致的抒情，依然難掩紀伯倫的真情，夢中聽見的歌，那是心的嚮往，醒來時卻難尋其蹤影，那是回歸現實，這或許就是年輕時情感紀伯倫的真實狀態——在內心的追求和面對現實的無奈之間徬徨，時而歡快吟唱，時而獨自悲歎。

讀著紀伯倫的「浪之歌」和「雨之歌」去觀海和聽雨，其感受一定極美。紀伯倫將海浪和堤岸比作一對情侶，無論是潮還是汐，海浪對堤岸的愛戀總是那般熱烈，「我和堤岸是一對情侶，愛使我們親密無比，風使我們相互分離。我來自遠方藍色的薄暮，為的就是讓我浪沫的銀色與堤岸的金色結合，並用我的唾液將它灼熱的心趨於些許的冷卻；黎明時，我對心愛的人誦讀愛情的立法，於是他將我擁入懷裡；晚上，我又對他吟唱思戀的祈禱，於是，他又將我熱吻。我急躁，而我心愛的他卻與忍耐為伴、與堅韌為伍，漲潮時我擁抱他，退潮時，我拜倒在他的腳下。」、「……夜深人靜，萬物都已擁著困頓入睡，我卻依然未能入眠，時而吟唱、時而歎惋。好可憐呀，徹夜不眠使我孱弱，我卻一直愛著，而愛的真諦就是清醒。這就是我的生活，也是我終身之所為。」浪，動態的愛顯得何等灼熱；堤岸，靜態的愛又是那麼的深不可探，而紀伯倫的一生，猶如海浪一直在愛。令紀伯倫傾心的堤岸在哪裡？是他的祖國？還是他的同胞？對紀伯倫而言，任何指向都顯得狹隘，他已經多次道白「整個大地就是我的祖國，所有人都是我的同胞」（〈致責備我的人〉），博愛不應有邊界。

與海浪的熱烈和急躁相比，雨是一種柔情、一種溫婉，紀伯倫讓雨如是說：「我是一根根銀絲，上帝從高處將我拋下，大自然將我接納，並用我去裝點山谷岡巒；我是嬌美的珍珠，從阿斯塔蒂女神的王冠上散落而下，晨光之女悄悄地將我竊走，將我鑲嵌在碧波蕩漾的田野。我哭時，山嶺便綻露微笑；我恭謙俯身時，花兒卻挺著身子把頭高仰。」擬人的表述，使大自然的一切更趨人性化，對大自然、對生活的熱愛之情躍然字裡行間。聽雨不忘思愛，無垠的想像空間頓時被打開，「在寂靜中，我用柔軟的手指敲擊窗上的玻璃，那敲擊聲織成的旋律，只有敏感的靈魂才能領會。……我是大海的歎息，我是天空的淚水，我是田野的微笑。愛不也是如此？它是情感大海的歎息，是思想天空的淚水，是心靈田野的微笑。」（「雨之歌」）只要人心充滿愛，大自然的一切皆是美。

「你們要將美視為宗教，像敬畏神一樣敬畏美，因為美是萬物完美的外在表現，是所有智慧結晶的體現。」在〈美〉中，紀伯倫呼籲世人要像對待宗教一樣對待美。而在〈在美神的寶座前〉他更是讓幻想中的女神開口道出美的真諦：「我是大自然的象徵」、「這美就是大自然的一切」。在〈美〉中他也曾對美有過界定，「樹葉的沙沙聲響」、「溪水潺潺」是美，「孩童的溫順、青年的機靈、壯年的力量、老人的智慧」都是美，在紀伯倫眼裡，一切符合自然規律的就是美，甚至連死亡也是一種美，在〈死之美〉中對死亡的描述：「讓我睡吧，我的心因為愛而迷醉；讓我長眠吧，我的靈魂已經飽嘗了日夜的辛酸苦辣。請在我的床前點起蠟燭，燒起香，在我的身體上撒上玫瑰和水仙花的花瓣，在我的頭髮上塗上麝香粉粉末，在我的腳上灑上香水……請奏響你們的吉他，讓銀色琴弦的旋律在我耳際搖曳；請吹響你們的蘆笛，用優美的笛聲在我行將停止跳動的心臟周圍織起一層薄紗；請唱起輕悠的歌曲，用它魔幻的詞義為我的情感鋪就靈床。接著，你們再仔細端詳，看著我眼中的希望之光。」死亡不是痛苦而是解脫，是點燃另一種希望，這就是紀伯倫一生追求的靈魂升天的美、回歸永恆的美。

由愛、美、大自然（包括生命）組成的文字交響，不只是美文和抒情，更是對人生的思索，也彰顯了一位偉大作家的博愛。

雖然紀伯倫在他的許多作品中給人一種超凡的感覺，神、幻影、夢幻、靈魂、以太等詞彙出現的頻率頗高，甚至在行文和話語表述中也可體會到他的與眾不同，然而，他對貪婪、為富不仁的譏笑，對暴虐、凶殘的猛烈抨擊，對破壞自然生態的厭惡，卻又是那般的現實。他對國家之間的爭鬥、民族之間的不和深感不安：「人類被分成不同的派別、不同的群體，或隸屬於某個國家、某個區域，……因為我發現人類本已孱弱，竟還自我分割，豈不幼稚；大地本已狹窄，竟還被分成各個王國、酋長國，豈不愚昧？」（〈一個詩人的聲音〉）博愛沒有邊界，但是博愛必須有原則，那原則就是真善美，即便面對自己的祖國、自己的同胞，愛也是有原則的，紀伯倫如是說：「我眷戀我的祖國，因為她太美；我熱愛我的同胞，因為他們太慘。但是，如果我的民族在所謂『愛國主義』的蠱惑下，踏進鄰國的土地、掠奪他人的財產、砍殺他們的男子、使孩童變成孤兒、令女子淪為寡婦、讓其國土浸染國民的鮮血、

任憑猛禽野獸吞食年輕人的血肉，那麼，我必厭惡我的祖國、痛恨我的同胞。」（〈一個詩人的聲音〉）

無論是神性的語言，還是夢幻般的敘述，抑或是靈魂的祕語，或者是犀利的抨擊、帶刺的嘲諷，其間都不難揣摩到紀伯倫的心聲，而〈展望未來〉則更是道出了紀伯倫對人類美好未來的憧憬：

「我看到了人和萬物之間親密無間的和諧，鳥兒和蝴蝶可以與人近距離平安相處，羚羊可以自信地在小溪邊低頭飲水。

「我仔細觀望，卻不再看到貧窮，也沒有看到超出必需的多餘，放眼所見盡是友善和平等；沒有見到一位醫生，因為對知識的掌握和經驗的累積，每個人都成了自己的醫生；也看不到一個祭師，因為良心已成為最偉大的祭師；看不到一個律師，因為大自然如同法院，見證著友愛與和睦的種種條約。

「我看到了人類已經明白，人就是萬物的基石，他已蟬蛻於渺小，超脫於卑賤，為心靈的慧眼揭去了曖昧的絹紗，使它讀懂烏雲書寫在天穹上的字跡，識別微風留在水面上的漣漪，理會花兒呼吸的真諦，知曉知更鳥和夜鶯的鳴唱。

「在當代高牆的背後，在未來時代人的舞臺上，我看到美成了新郎，心靈是他的新娘，整個生命猶如蓋德爾之夜。」

紀伯倫心中的未來就是人和大自然的高度和諧，整個社會充滿友善和平等，沒有壓迫、沒有欺凌，甚至沒有病痛、沒有罪犯，人全都脫離了渺小，超越了卑賤。

《瘋人》是紀伯倫發表的第一部用英語創作的散文詩集，共收入包括〈主〉、〈我的朋友〉、〈夜與瘋人〉、〈完美世界〉等作品三十五篇。從這些作品的結構和形式看，大多有點類似寓言和小故事，但行文灑脫，猶如詩化文章。在這些作品中或許第一篇〈我何以變為瘋人〉最為重要，它如一篇題記，為後續作品的出現作了鋪墊，作者將自己比作「瘋人」，寓意深刻，而變成「瘋人」就是因為脫去了假面具，「就這樣，我成了瘋子。而在這瘋癲之中我卻發現了自由和解脫」，這就是紀伯倫一生的追求和嚮往——自由和解脫。紀伯倫不想戴著假面具生活，更重要的是他欲借「瘋人」之口，去諷刺看似完美的「完美世界」。在最後一篇題為〈完美世界〉的作品中，紀伯倫這樣說道：「我、一個被扭曲的凡人，我、一朵迷惘的星雲，在完美無缺的人的世界裡遊蕩。」甚至他竟如此發問：「我為什麼在這裡？游弋在眾神中的迷惘靈魂之神呵，我為什麼在這裡？」

《先驅》和《瘋人》一樣，大多是一些寓言化書寫而成的短文，如〈阿拉杜斯王〉、〈價值〉、〈懺悔〉等。顯然，在每一則寓言故事中都蘊含著紀伯倫深邃的思想，細細品味亦不難揣摩到作者這種超現實書寫意在的精神指向，觸摸到他超乎常人的智慧。

紀伯倫雖身處凡人世界卻不願如同他人那般失去自我而被異化，他變身「瘋人」意在使話語者成為凌駕他人之上的超人（超人的另一種表現——瘋人），使對看似不公世界的諷刺、揶揄，乃至抨擊成為可能。這就如同他在幾年後創作《先知》時，借哲人艾勒穆斯塔法之口，以類似先知的口吻表達他對世間事物的看法。

偉大的作家屬於全人類，偉大的作品一定會被世人視為珍品。《淚與笑》問世至今已有一百多年，但是閱讀《淚與笑》的享受始終未變，紀伯倫的夢、他筆下的幻影、靈魂一定會攜手你的心靈飛翔；品味《淚與笑》，一定會讓你學會用不同凡響的智慧重新思考你的生命，用更加深邃的目光重新審視你所面對的一切。

閱讀紀伯倫，閉上你的眼，紀伯倫就在你的身邊，他那優美的字句、悅動的行文一定能撥動你的心弦，奏出屬於你的心曲。

涙與笑 / 紀伯倫著；蔡偉良譯 . -- 初版 . -- 臺北市：時報文化出版企業股份有限公司 , 2023.06
304 面；14.8×21 公分 . --（愛經典；70）
ISBN 978-626-353-955-6（精裝）
865.751 112008400

本書譯自
《淚與笑》：開羅布斯坦尼阿拉伯人出版社 1991 年阿語版
《瘋人》、《先驅》：貝魯特世代出版社 1981 年版《紀伯倫英語作品阿語全譯本》

作家榜经典文库®

ISBN 978-626-353-955-6
Printed in Taiwan

愛經典 0 0 7 0
淚與笑

作者—紀伯倫｜譯者—蔡偉良｜編輯總監—蘇清霖｜編輯—邱淑鈴｜企畫—張瑋之｜美術設計—FE 設計｜封面繪圖—范薇｜校對—邱淑鈴、蕭淑芳｜董事長—趙政岷｜出版者—時報文化出版企業股份有限公司　108019 臺北市和平西路三段二四〇號四樓　發行專線—（〇二）二三〇六—六八四二　讀者服務專線—〇八〇〇—二三一—七〇五、（〇二）二三〇四—七一〇三　讀者服務傳真—（〇二）二三〇四—六八五八　郵撥—一九三四四七二四時報文化出版公司　信箱—10899 臺北華江橋郵局第 99 信箱　時報悅讀網—http://www.readingtimes.com.tw｜電子郵件信箱—new@readingtimes.com.tw｜法律顧問—理律法律事務所　陳長文律師、李念祖律師｜印刷—紘億印刷有限公司｜初版一刷—二〇二三年六月十六日｜定價—新台幣四六〇元｜（缺頁或破損的書，請寄回更換）

時報文化出版公司成立於一九七五年，並於一九九九年股票上櫃公開發行，於二〇〇八年脫離中時集團非屬旺中，以「尊重智慧與創意的文化事業」為信念。